Wilma Klevinghaus
Ausgerechnet an Heiligabend

W0173131

Wilma Klevinghaus

Ausgerechnet an Heiligabend

Kurzgeschichten

johannis

Die Texte »Als Annegret das Christkind suchen ging«, »Das Kind jener Nacht«, »Der atheistische Engel« und »Der Weihnachtsengel« sind bereits in Anthologien des Johannis-Verlags erschienen.

Bibliografische Information der Deutschen Nationalbibliothek
Die Deutsche Nationalbibliothek verzeichnet diese Publikation in der Deutschen Nationalbibliografie; detaillierte bibliografische Daten sind im Internet über http://dnb.d-nb.de abrufbar.

ISBN 978-3-501-01643-5

Großdruck-Taschenbuch 77 903
© 2009 by Verlag der St.-Johannis-Druckerei,
C. Schweickhardt GmbH, Lahr/Schwarzwald
Umschlagbild: S. Thamm
Umschlaggestaltung: Michaela Sanchez Garcia
Lektorat: Dr. Ulrich Parlow
Gesamtherstellung:
St.-Johannis-Druckerei, Lahr/Schwarzwald
Printed in Germany 2009

www.johannis-verlag.de

Inhalt

Ausgerechnet an Heiligabend

Sie haben sich gerade am Frühstückstisch niedergelassen, der Pfarrer und seine Frau, haben gerade Losung und Lehrtext gelesen, weiter kommen sie nicht, noch nicht einmal den folgenden Liedvers hat er begonnen. Denn da geht das Telefon.

»So früh schon!«, stöhnt sie.

Er steht auf, geht in sein Dienstzimmer. »Entschuldige bitte.« Er mag es nicht, bei der Andacht immer dieses störende Gebimmel. »Fangen wir gleich noch einmal von vorne an.«

Sie blickt nervös auf die Uhr. Beginnt seufzend, schon einmal die Blumen zu gießen. Er kommt immer noch nicht. Scheint mehr als nur eine kurze Mitteilung zu sein, denkt sie, was hat einer jetzt schon auf dem Herzen? Um diese Zeit! Ist wohl doch eine dringende Angelegenheit. Als sie die Blumen alle versorgt hat, setzt sie sich wieder an den Tisch. Greift nach dem Losungsbuch. Seltsamer Lehrtext, denkt sie: »Ich will mich aufmachen und zu meinem Vater gehen ...« Das spricht der Sohn. Der Sohn im Elend. Ausgerechnet an Heiligabend, wo Weihnachten doch das Fest des entgegenkommenden Vaters ist, ohne

Vorbedingung und ohne Vorleistung. Das Wort lässt sie nicht los.

Erblasst kommt der Mann zurück, sichtlich betroffen.

»Frau Neuhaus ist gestorben. Plötzlicher Herztod. Lag heute Morgen einfach tot neben ihm im Bett.«

»Frau Neuhaus!«, schreit sie auf. Die Frau eines Presbyters, Mutter von drei kleinen Kindern, eine der eifrigsten Helferinnen in der Gemeinde, immer bereit, sich einzusetzen. Und das ausgerechnet zu Heiligabend!

»Ich muss sofort zu ihm.« Er ist schon in der Tür. »Es wird sich hoffentlich jemand finden, der sich um die Kinder kümmert.«

»»Ich würde sie sofort aufnehmen«, sagt sie. »Aber mit drei eigenen Masernkindern, das geht nicht. Da könnten die andern sich auch noch anstecken.« Selten hat sie sich so hilflos gefühlt.

»Es wird sich schon jemand finden. Schließlich haben sie beide Geschwister.« Er sagt es im Weggehen.

»Hoffentlich«, stöhnt sie.

Ausgerechnet an Heiligabend! Was ist das für ein Weihnachtsfest für die Kinder und den Mann?, denkt sie, während sie sich nach dem ausgefallenen Frühstück daranmacht, den Tisch abzuräumen. Ihre Älteste, die schon wieder auf dem Weg der Besserung ist, wird sich nachher selbst etwas machen, wenn sie aufsteht. Sie wollte ein wenig länger schlafen heute. Immer wieder hat die kleine Schwester sie in der Nacht mit ihrem Wimmern gestört. Warum kommen Kinderkrankheiten immer zu Weihnachten?, fragt sie sich. Es ist nicht das erste Mal. Aber heute findet sie es besonders schlimm. Heiligabend am Montag, das ist eine der schlechtesten Konstellationen, die sie kennt. Fast so schlimm wie Sonntag. Geht immer der letzte Adventssonntag verloren. Und alle Vorbereitungen müssen in den paar Stunden bis zum Nachmittag erledigt werden.

Da schellt es an der Haustür. Auch das noch! So früh schon. Keine Ahnung, wer das sein könnte. Gewohnheitsmäßig öffnet sie und erkennt sofort: einer der üblichen Gäste, um diese Morgenstunde freilich selten. Ein noch junger Mann. Sicher angeblich auf der Durchreise wie die meisten. Und der Weg führt dabei immer am Pfarrhaus vorbei. Sie kennt das. Meistens folgt auf den fast immer gleichen Satz die fast immer gleiche Bitte.

Dieser heute steht allerdings verlegen da und

zögert zu sprechen. Ein noch relativ junger Bursche, stellt sie fest. Sie bittet ihn in den kleinen Warteraum vor dem Dienstzimmer ihres Mannes, dessen Eingang neben dem Zugang zu ihrer Wohnung liegt, wofür sie immer wieder dankbar ist, auch heute. Fremde, und vor allem diese Sorte, mit in ihre eigenen Räume zu nehmen, das erscheint ihr denn doch etwas zu gefährlich. Sie hat da früher schon einige üble Erfahrungen machen müssen.

»Mein Mann ist leider dienstlich außer Haus. Ich weiß nicht, wann er zurückkommt«, fängt sie verlegen an, »Aber kann ich Ihnen vielleicht helfen?«

Er druckst herum. Sie bittet ihn, Platz zu nehmen. Diese Typen mit derselben Freundlichkeit wie alle Besucher zu empfangen, dazu muss sie sich immer wieder neu durchringen.

Mit leichter Ungeduld wartet sie darauf, dass er zu erzählen beginnt. Sie muss noch einige Einkäufe machen, die sich nicht vorverlegen ließen, muss die kranken Kinder versorgen. Wollte früh gehen, ehe die Geschäfte voll sind. Daraus wird nun nichts, denkt sie. Und in zweieinhalb Stunden kommen die Kinder zur letzten Krippenspielprobe. Sie hat es mit ihnen einstudiert. Eine ihrer vielen Aufgaben als Frau eines Mannes, der Pfarrer ist.

Und dann redet der Fremde endlich. Wie erwartet – nichts Neues. Dieselben Geschichten, die sie sich immer wieder im Vorzimmer anhören muss, wenn ihr Mann nicht da ist. Lange Geschichten zumeist. Immer wieder staunt sie, was einer so alles erlebt hat oder sich einfallen lässt. Die letzte Masche: eine bestimmte Summe, meist mit Centbeträgen am Schluss, die gerade noch zu irgendetwas fehlt. Sie hört sich seine Geschichte an. Das Übliche: eine Geschichte vom allmählichen Abgleiten, scheinbar ganz harmlos zu Beginn, mit schlechten Freunden, die man zuerst nicht durchschaut. Dann Alkohol, Drogen, kleine Gaunereien, Gefängnis. Schließlich vom eigenen Vater verstoßen. Allein.

Ein Dauerkunde. Und sie kann sich vorstellen, wie es auch bei diesem jungen Mann gelaufen ist: immer wieder Ausreißen und nach einer Weile Heimkommen, immer wieder Besserungsversprechen und immer wieder Rückfall. Und wenn sie nicht mehr aus noch ein wissen, dann kommen sie zu uns. Es scheint sich herumgesprochen zu haben, dass bei uns immer noch etwas zu holen ist. Aber wir können doch nicht allen helfen! Auch wir müssen mit dem Geld auskommen, das uns monatlich zur Verfügung steht. Doch dieser hier bettelt nicht um die erwarteten sechs Euro fünfunddreißig oder neun Euro zehn. Sie erschrickt. Seine Bitte scheint ehrlich zu sein.

»Darf ich von Ihnen aus einmal meine Mutter anrufen? Ein Ferngespräch allerdings. Sie wohnt in Saarbrücken.« Und fügt verschämt hinzu: »Ich habe kein Geld mehr für eine Telefonzelle. Und ich dachte, weil doch Weihnachten ...«

Der Gedanke, dass auch dies eine neue Masche sein könnte, kommt ihr nicht. Seine Klagen klingen so echt, rühren sie an.

»Na gut«, sagt sie. Nun muss sie ihn doch mit in das Amtszimmer ihres Mannes nehmen. Oder in die Wohnung. Sie entscheidet sich für Letzteres. Das Telefon steht im Flur. Wenn er dort spricht, hat sie wenigstens eine kleine Kontrolle über ihn. Sie macht sich in der Küche zu schaffen bei offener Tür. So hört sie notgedrungen einen Teil seines Gesprächs mit, sein Flehen, Betteln, Weinen. Er tut ihr leid. Das hier am Telefon ist nicht gespielt. Am liebsten würde sie jetzt selbst den Hörer nehmen und ein gutes Wort für den Jungen einlegen. Da hört sie ein inbrünstiges

»Danke!« und einen tiefen, tiefen Seufzer. Langsam, ungläubig legt er auf.

»Ich darf kommen!«, sagt er und atmet tief durch, als könne er es noch nicht begreifen. Sie spürt, wie sie sich dem fremden Menschen innerlich öffnen kann.

»Haben Sie schon etwas gegessen heute?«, fragt sie. Er schüttelt verlegen den Kopf. »Warten Sie«, sagt sie und macht ihm einen Teller Brote zurecht. Gierig greift er zu. Zieht, als er fertig ist, eine abgegriffene Geldbörse aus seiner Hosentasche und öffnet sie. Einige wenige Münzen sind alles, was er findet.

»Ich kann ja gar nicht nach Hause«, stellt er unsagbar traurig fest und ganz verschämt: »Ich habe ja kein Geld mehr.«

»Und wie viel brauchen Sie?« Kleinlaut zählt er nach.

»Achtunddreißig Euro dreißig, falls die Bahn nicht aufgeschlagen ist, seit ich zum letzten Mal von hieraus gefahren bin.«

Also doch! Sie atmet tief durch, ehe sie antworten kann. Fast vierzig Euro, denkt sie, kein Pappenstiel – greift dann aber zu ihrer Tasche, die bereits für den Einkauf an der Türklinke hängt. Achtunddreißig Euro dreißig! Fast so viel, wie sie sich für die Besorgungen zurechtgelegt hat. Langsam zählt sie das Geld, hat es zum Glück gerade passend, legt noch eine Straßenbahnfahrkarte dazu.

»Damit Sie auch wirklich Ihren Zug noch erreichen«, sagt sie und drängt ihn zum Aufbruch. Beim Einkaufen gleich wird sie noch mehr als sonst rechnen müssen.

»Danke, danke!«, keucht er überwältigt. Und wendet sich zum Gehen. Sie ist enttäuscht. Wieder mal überlistet, denkt sie.

Über den kranken Kindern und den letzten Vorbereitungen zum Fest vergisst sie den jungen Mann. Nur einer von vielen, wie sie ihr täglich begegnen, würde sie denken, wenn er ihr doch noch einfallen würde.

Ein paar Wochen später erhält sie verwundert einen Brief von einem unbekannten Absender. Zwei Zwanzigeuroscheine findet sie im Umschlag und einen kurzen Brief. »Ich habe einen Platz in dieser Entzugsklinik gefunden. Haben Sie tausend Dank dafür, dass Sie mir vertrauten.«

»... dass Sie mir vertrauten«, liest sie kopfschüttelnd. Langsam erinnert sie sich – mit leiser Beschämung und ehrlicher Freude.

Das Kind jener Nacht

Zeitzeugen suchen Sie? Und da fragen Sie ausgerechnet mich? Ich fürchte, ich werde Sie enttäuschen müssen. Denn eigentlich ist es nicht viel, wovon ich berichten kann.

Ich war noch ein Kind damals, vielleicht zehn oder zwölf Jahre alt. So genau kann ich das nicht sagen; wir zählen unsere Jahre nicht. Aber ich kann Ihnen doch ziemlich genau angeben, wann das geschah: nämlich damals, als dieser Quirinius in der Provinz Syrien Statthalter des Kaisers Augustus war. Quirinius, das war auch einer von diesen stolzen Römern, nicht besser und nicht schlimmer als die andern alle. Er kam sich genauso mächtig vor wie sie. Aber in Wirklichkeit hatte auch er nur auszuführen, was der Kaiser im fernen Rom befahl. So wie damals die Sache mit der Steuerschätzung.

Alle Bewohner des Riesenreiches mussten sich auf des Kaisers Befehl in Listen eintragen lassen. Keine einfache Sache bei den vielen Beduinen, die keinen festen Wohnsitz haben. Bei unserm Volk, »Kinder Israel« nennen wir uns, war das noch verhältnismäßig leicht; denn jeder kennt den Herkunftsort seiner Vorfahren. Andererseits machte gerade das die Sache so schwierig; denn es bedeutete, dass jeder sich zum Stammort seines Geschlechts begeben musste, um dort zur Steuer veranlagt zu werden.

So kam, was kommen musste. Ein Strom von Menschen ergoss sich in unser kleines Städtchen. Bethlehem ist nie eine bedeutende Stadt gewesen. Aber es war die Heimat unseres großen Königs David und seines Geschlechts. Bei den vielen Frauen und Kindern, mit denen er vor bald tausend Jahren die große Reihe seiner Nachfahren begann, war der Andrang nicht weiter verwunderlich. Trotzdem hatten wir keine Ahnung von dem, was dadurch auf uns zukam.

Es gab da zwar eine uralte Weissagung, die jedes Kind bei uns kannte, dass einmal – »einmal«, das war so ein dehnbarer Begriff, der alles Mögliche bedeuten konnte – aus unserer Stadt und aus Davids Stamm der Retter unseres Volkes und sogar der ganzen Welt geboren werden sollte, was immer das auch heißen mochte. Nur versuchte niemand bei uns, sich auch nur im Traum vorzustellen, wie viele Menschen in Wirklichkeit zu diesem Stamm Davids gehörten. Keineswegs nur vornehme Leute, Fürsten und so. Die meisten von ihnen waren kleine Bauern, Handwerker, auch eine Reihe von Hirten, die mit ihren Herden von Weide zu Weide, von Wasserstelle zu Wasserstelle zogen.

Die kamen nun alle nach Bethlehem, in dieses bisher eher verträumte Städtchen, das die meisten von ihnen nur dem Namen nach kannten. Und vor allem die Armen suchten nach einer billigen Unterkunft. Dass gerade in diesem Durcheinander das eintreten würde, was irgendwann einmal in unbestimmter Zukunft sich ereignen sollte – was meinen Sie, wer damals an so etwas gedacht hätte? Die Leute hatten ganz andere Probleme in diesen Tagen. Das alles müssen Sie wissen, bevor Sie die Nase rümpfen über das, was dann wirklich geschah.

Es ging so chaotisch zu, dass Sie sich das überhaupt nicht vorstellen können. Jerusalem am Passahfest ist nichts dagegen. Den ganzen Tag irrten die Fremden durch die Straßen und suchten eine Herberge für die Nacht. Es gab zwar einige Karawansereien in der Gegend, doch längst nicht genug. Meine Eltern besaßen auch eine; aber im Nu waren alle Plätze belegt bis unters Dach. Die meisten Fremden gaben sich mit einem billigen Schlafplatz zufrieden, einige kamen auch bei Verwandten oder Freunden unter.

Auch in den Schreibstuben des Kaisers gab es Drängeleien. Manche Leute brauchten stundenlang, bis sie endlich eingetragen waren. Man musste seine Angaben ja auch beweisen – und wie soll ein Bauer oder Handwerker aus Galiläa bei uns in Judäa einen glaubwürdigen Zeugen beibringen? Oder einer von diesen Hirten, deren Zeugnis ja vor den Gerichten ohnehin nichts gilt? So blieb manch einer von denen zwei oder drei Nächte lang, bis er endlich seine Sache erledigt hatte. Nicht wenige reisten gar mit ihrer ganzen Familie an.

Ja, und dann standen sie eines Abends vor unserer Tür, der Mann und die junge Frau.

»Auch das noch!«, stöhnte meine Mutter. Unser Haus war einfach am Ende seiner Fassungskraft. Fast schüchtern versuchte der Mann noch einmal sein Glück.

»Sehen Sie denn nicht ...?«, fragte er. Aber sie sah erst gar nicht hin. Sie konnte sich kaum mehr auf den Beinen halten. Den ganzen Tag über hatte sie in der Küche gestanden und gekocht, hatte Schlafstellen zugewiesen und Essen ausgeteilt. Jetzt war sie am Ende. Dass es der jungen Frau nicht anders ging, sah sie nicht. Auch ich kapierte nicht, wie es wirklich um sie stand. Vielleicht war ich auch noch zu jung dazu. Ich sah allerdings, dass sie sich elend fühlte. Sah, dass der Mann neben ihr einen so verzweifelten Eindruck machte, dass ich es einfach nicht übers Herz brachte, die beiden wieder in Nacht und Ungewissheit hinauszuschicken. Sicher waren sie schon bei etlichen anderen Stellen abgewiesen worden. Und da fiel mir auf einmal eine letzte, wenn auch wenig verlockende Möglichkeit ein.

»Dahinten ist ein Stall«, sagte ich zögernd. »Der steht im Augenblick leer. Die Hirten sind auf dem Feld. Wenn Sie sich damit zufrieden geben würden ...«

Sie waren es zufrieden, zu unserer großen Verwunderung. Einigermaßen sauber war der Stall, eine kleine Grotte, die nur im tiefsten Winter gelegentlich den Tieren zum Unterschlupf diente, aber wenigstens warm für die Nacht und trocken. Sauberes Stroh lag auch da; daraus konnte der Mann ein Notlager bereiten, damit sie nicht auf dem nackten Stein zu liegen brauchten.

Als die junge Frau die leere Futterkrippe in der Ecke erblickte, schien sie sehr erleichtert zu sein. Aber ich konnte mir beim besten Willen nicht vorstellen, wozu sie ausgerechnet diese gebrauchen wollte. Ich ließ sie denn auch allein und legte mich gleich danach schlafen, todmüde, wie ich war. Ich sah und hörte nichts mehr, weder im Haus noch draußen.

Danach erinnere ich mich nur, dass es mitten in der Nacht plötzlich ein großes Gelaufe auf der Straße gab. Ich hörte aufgeregte Männerstimmen, die rasch näher kamen, geradewegs in unsern Hof und auf unsern Stall zu. Aber ehe ich mich schlaftrunken aufrappeln konnte, um nachzusehen, war alles wieder still.

Eine ganze Weile später wurde es noch einmal unruhig draußen. Sie schienen wieder zu gehen. Alle redeten noch aufgeregter und lauter, so als sei etwas Ungeheures geschehen, dessen Zeugen sie gewesen seien und das sie nun aller Welt erzählen müssten. Aus allen Häusern schienen die Leute dazuzukommen, aufgeregt und neugierig, vielleicht auch voller Angst. Aber ich konnte kein Wort verstehen, weil alle durcheinanderredeten. Und außerdem war ich schrecklich müde und hatte nur noch einen einzigen Gedanken: schlafen …

Am andern Morgen sprachen alle im Städtchen von nichts anderem. Mitten in der Nacht sei zu ein paar Hirten, die mit ihren Herden auf dem Feld vor den Toren des Städtchens nächtigten, der

Engel Gottes gekommen, ganz einfach so, ohne dass vorher etwas Besonderes gewesen sei. Sie seien natürlich alle furchtbar erschrocken – wer kann schon einem Engel ohne Furcht gegenübertreten? Er aber habe sie getröstet und gesagt, gerade sei ihnen in der Stadt Davids, eben in unserm Bethlehem, der Heiland geboren worden, auf den alle Welt warte. Dann habe er ihnen noch ein Zeichen gegeben: Sie würden das Kind in Windeln gewickelt und in einer Krippe liegen finden. Und danach sei eine Menge von Engeln dazugestoßen und alle Lüfte seien erfüllt gewesen von ihrem Gotteslob und der Rede vom Frieden auf Erden ...

Daraufhin, erzählte man, hätten sie sich eilig auf den Weg gemacht und tatsächlich – eben in unserm Stall! – alles so wie angekündigt gefunden. Und das hätten sie dann gleich mitten in der Nacht und auch am Morgen noch in der Stadt erzählt, allen Leuten, die es hören, und auch denen, die es nicht hören wollten.

Merkwürdig: Niemand außer ihnen hatte etwas von den Engeln gesehen oder gehört. Nur ausgerechnet die Hirten, deren Zeugnis doch niemand ernst zu nehmen braucht. Aber das Kind war da. Es lag in der Krippe, fein säuberlich in Windeln gewickelt. Die junge Frau musste darauf gewartet haben, dass das alles bei uns in Bethlehem geschehen würde ...

Ich habe es gesehen. Natürlich war ich neugierig, welches Kind wäre das nicht? Ich habe es mit meinen eigenen Augen gesehen; so wie viele andere aus Bethlehem und auch Fremde. Sie kamen verstohlen oder offen, um das Kind in der Krippe zu sehen. Ein Kind, das nicht anders aussah als andere Kinder. Nur dass es eben im Futtertrog lag. Seine Mutter allerdings erschien mir geheimnisvoll und irgendwie anders als andere Frauen. Wieso, das kann ich nicht erklären. In der Erinnerung aber steht ihr Gesicht vor mir wie ein Gefäß, durch das ein Stück Ewigkeit schimmert.

Der Trubel im Städtchen währte noch einige Wochen. Später erzählte man sich einiges von merkwürdigen Gestalten, die aus dem Morgenland zu dem Kind gekommen seien. Ich habe sie in all dem Durcheinander nicht gesehen. Und noch einige Zeit später, als wir glaubten, nun sei endlich alles vorbei, ließ der König – nicht der Kaiser – durch seine Soldaten alle kleinen Knaben in unserer Stadt ohne ersichtlichen Grund umbringen. Einige Leute meinten, dies habe mit den fremden Männern zu tun, von denen einige behaupteten, es seien Könige gewesen, andere aber, es habe sich um Magier gehandelt. Aber Genaues wusste keiner, und so geriet mit der Zeit fast alles wieder in Vergessenheit, weil es leider in unserer Welt immer wieder neue Grausamkeiten und Schrecken gibt, die die vorangegangenen noch übertreffen.

Ich freilich habe das Kind nicht vergessen. Und irgendwann, Jahrzehnte waren inzwischen vergangen, begegnete ich Menschen, die unglaubliche Geschichten von einem auferstandenen Gekreuzigten erzählten. Aus Nazareth sei er gekommen, hieß es; aber manche behaupteten, er sei in Bethlehem geboren und habe dort in einer Krippe gelegen.

Erst hörte ich es kopfschüttelnd wie die meisten meiner Nachbarn. Denn das hätten wir doch merken müssen, so klein, wie Bethlehem ist. Aber etwas an diesen Geschichten ließ mich nicht mehr los. Und irgendwann fiel mir diese Nacht zur Zeit der großen Steuerschätzung wieder ein. Und ich begann zu ahnen, dass Er dieses Kind gewesen sein musste. Dass dieser Anfang ein Zeichen war, mehr nicht. Dass das Wesentliche später geschah. Und ich begann, nach jenem Wesentlichen zu fragen und zu suchen.

Nein, die Engel habe ich damals nicht gesehen. Aber dass Gott eingebrochen ist in unsere Welt, dass Er Mensch wurde in Raum und Zeit und auf geheimnisvolle Weise weiter in und bei uns ist, das ist für mich die Botschaft jener Nacht. Und an dieses Wunder des Mensch gewordenen Gottes glaube ich.

Der Weihnachtsengel

Es war kein Weihnachtswetter. Es war überhaupt nichts weihnachtlich an diesem 24. Dezember. Alles war schief gelaufen in diesen Tagen. Sie hatte eine Menge Bücher gekauft, viel mehr, als ihr Geldbeutel eigentlich erlaubt hätte. Und der, von dem sie sich noch etwas hätte leihen können über die Feiertage, hatte ausgerechnet vorgestern Schluss mit ihr gemacht. Nun saß sie in ihrem Zimmer und starrte vor sich hin. Wenn sie wenigstens Taxi fahren könnte wie einige ihrer Kommilitoninnen! Aber das hatte sie bisher noch nicht geschafft.

So war sie gestern Morgen noch einmal zum Arbeitsamt gerast. Die lachten sie aus. Alles vergeben. Nur bei der Weihnachtsmänner-Vermittlungsstelle schien noch Betrieb zu sein. »Weihnachtsmann oder Weihnachtsengel ist doch kein großer Unterschied«, dachte sie.

Dachte sie. Aber alle Welt schien aus ihr unerfindlichen Gründen nur Weihnachtsmänner zu suchen. Die schienen sogar Mangelware zu sein in diesem Jahr. Für Weihnachtsengel gab es offenbar keinen Bedarf. Und dabei besaß sie ein so herrliches Gewand, das sie sich irgendwann einmal zu einer Aufführung selbst geschneidert hatte. Nicht einmal eine Perücke hätte sie sich zu besorgen brauchen. Ihr langes krauses Blondhaar wallte wie auf einem Weihnachtsbild der alten italienischen Meister. Aber keine einzige Familie suchte einen Engel zum Freudebringen.

Total überflüssig, dachte sie bitter. Und mit einem Mal überkam sie die Lust, etwas völlig Verrücktes zu tun. Auf einen Weihnachtsbaum vor einem Kaufhaus zu klettern und zu singen etwa oder ... oder einfach mitten am helllichten Tag im Engelsgewand auf die Straße ...

Es war eine endlos lange, schnurgerade Straße. Rechts und links dieselben eintönigen Häuser. Kein Mensch weit und breit. Wohl selten sind die Straßen so leer wie um die späte Mittagszeit des 24. Dezember, wenn die letzten Geschäfte ihre Türen geschlossen haben und die letzten Käufer in ihren Autos, zu Fuß oder mit den letzten Straßenbahnen nach Hause geeilt sind. Und mitten auf dieser toten Straße, an eine Wand geduckt, die Hände vor den Augen, ein Kind. Was tut ein Kind, ein kleines Mädchen, um diese Zeit allein auf der Straße?

»Was machst du denn hier?«

Hanna fuhr zusammen. Ein böser Onkel, vor dem die Lehrerin sie immer gewarnt hatte, mit ihm wegzugehen? Sie wagte kaum, aufzusehen. Aber die Stimme klang hell wie von einer Frau und schließlich wandte sie doch verstohlen den Kopf und hielt auf der Stelle den Atem an.

»Bi-bist du-du ein-ein E-Engel?«, stotterte sie. Die Gestalt lächelte.

»Wie du siehst!«

»Dann hat dich Gott mir geschickt!«, strahlte das Kind.

»Wieso?«

»Ich habe doch darum gebetet«, antwortete Hanna, kein bisschen verwundert. »Jetzt eben.«

»An der Hauswand?« Die oder der Fremde sah wirklich himmlisch aus in dem langen weißen Gewand mit den wallenden Goldhaaren darüber.

»Bringst du mich nach Hause?«, fragte Hanna statt einer Antwort zurück.

»Wo bist du denn zu Hause?«

»Bist du ein Engel und weißt das nicht?«, fragte Hanna verwundert.

»Ein Kind wie du muss doch wissen, wo es wohnt. Darf ich dich nicht danach fragen?«, antwortete der Engel ausweichend.

»Kepplerstraße 38«, antwortete Hanna.

»Richtig«, antwortete der Engel wie zur Bestätigung. Er schien etwas zu überlegen.

»Das ist aber noch ein ganz schönes Ende zu gehen«, meinte er dann. »Wir müssen uns beeilen, wenn wir nicht erst im Dunkeln zurückkommen wollen.«

»Im Dunkeln?«, fragte Hanna erschrocken, »Mama hat gesagt, wenn es dunkel wird, fängt der Kindergottesdienst an, hat Mama gesagt. Und dann ist Weihnachten. Aber wenn du bei mir bist ...« Sie führte den Satz nicht zu Ende und legte scheu ihre freie Hand in die des Engels. Mit der andern hielt sie behutsam eine volle Tüte fest.

»Hast du auch einen Namen?«, fragte sie nach einigen Schritten.

»Engel haben keine Namen.«

»Aber der Engel, der zu Maria kam, hatte einen. Gabriel nämlich.«

»Das war ja auch kein gewöhnlicher, sondern ein ganz besonderer. Aber du – du hast doch sicher einen.«

»Klar. Das weißt du doch: Hanna.«

»Genau: die Hanna aus der Kepplerstraße 38. Und wie kommst du hierher um diese Zeit?

Deine Eltern haben doch sicher Angst um dich.«
Hanna atmete tief durch.

»Nur meine Mama. Mein Papa weiß nicht,
dass ich weg bin. Er hat Dienst im Krankenhaus.
Darum hilft Mama allein dem Weihnachtsmann,
dass es auch ein schönes Fest wird.«

Dem Weihnachtsmann ... Der Engel zuckte
zusammen.

»Ich darf heute auch einen Engel spielen«, plau-
derte Hanna drauflos. »Nur spielen natürlich. In
der Kirche beim Krippenspiel. Darum muss ich
mich beeilen, damit ich rechtzeitig zu Hause bin.
Ich bin ganz wichtig in dem Spiel. Ich muss den
Hirten sagen, dass das Kind geboren ist.«

»Das Christkind?«

»Natürlich. Wer denn sonst?«

»Klar«, sagte der Engel; und dann: »Aber
warum du ausgerechnet jetzt auf der Straße bist,
wo alle Leute zu Hause warten, das hast du mir
noch nicht erzählt.«

Hanna lüftete ein wenig das Päckchen, das sie
in der andern Hand hielt.

»Hier: mein Weihnachtsgeschenk für Mama.
Eine Laugenbrezel, ganz frisch. Eben war sie noch
warm. Vom Brezelbäcker in der Stadtmitte. Der
backt die besten Laugenbrezeln in der ganzen

Stadt, sagt meine Mama. Nur diese eine Sorte mag sie. Und nur ganz frisch. Darum konnte ich sie doch erst heute besorgen.«

»Und die hast du dann ganz alleine eingekauft? Musstest du da nicht umsteigen? Kannst du das denn schon?«

»Ich bin doch schon ein Schulkind«, sagte Hanna stolz.

»Aber sicher noch nicht lange«, lachte der Engel.

»Seit diesem Sommer. Aber die Zahlen kann ich schon sehr viel länger lesen!«

»Auch die Richtung?«, fragte der Engel lauernd. Hanna wurde kleinlaut.

»Ich bin auch richtig hingekommen. Das siehst du ja.« Und sie deutete auf die Brezel. »Und ich habe noch eine ganz große Brezel gekauft.« Etwas verlegen fuhr sie fort: »Aber auf dem Rückweg, da fuhr die Bahn gleich durch bis zur Endstation. Und da, wo ich umsteigen musste, kam sie nicht vorbei.«

»Da bist du wahrscheinlich in die verkehrte Richtung gefahren«, vermutete der Engel.

»Vielleicht. Aber der Fahrer meinte, ich könne von der Endstation aus auch mit der Linie 34 bis zur Kepplerstraße fahren.«

»Und das hast du gemacht?«

»Ja. Bloß: Die fuhr erst eine halbe Stunde später und auch nicht bis zur Kepplerstraße. Nur ins Depot. Vor der Einfahrt hielt sie und der Fahrer sagte: »Alles aussteigen. Schluss für heute. An Heiligabend fahren am Nachmittag keine Straßenbahnen mehr.«

»Und da musst du nun zu Fuß nach Hause gehen?« Hanna nickte. »Ich weiß aber den Weg nicht. Und es war auch niemand mehr auf der Straße, den ich fragen konnte. Da habe ich eben gebetet, dass Gott mir einen Engel schickt. Mama hat gesagt, manchmal hilft das.«

»So, so«, sagte der Engel.

In der Kepplerstraße 38 stand Hannas Mutter voller Unruhe am Telefon.

»Meine Tochter ... Ja: verschwunden ... Sie ist immer so zuverlässig ... Wollte nur eben noch eine kleine Besorgung machen ... Vor gut zwei Stunden ... nein, schon bald drei.«

»Sie wird sich verlaufen haben«, beruhigte der Polizist am andern Ende der Leitung, »oder die letzte Straßenbahn verpasst. Drei Stunden gehen schnell herum. Gedulden Sie sich noch ein Weilchen. Ich kann es an die Streifen weitergeben, dass die Ausschau nach ihr halten. Für eine richtige Suchaktion ist es noch zu früh ...«

»Aber Sie können doch nicht warten, bis es dunkel ist!«, schrie die Frau ganz aufgeregt. »Sehen Sie sich doch die Straßen an! Leer und tot wie nie ...«

»Ich bin so müde«, jammerte Hanna nach einer Weile. »Wie lange dauert das denn noch?« Die Häuser sahen alle so ähnlich aus. Sie kannte das. Es gab eine Reihe solcher Straßen in der Stadt.

»Gut, dass wir hier nicht wohnen«, hatte die Mama einmal gesagt, als sie mit der Straßenbahn durch eine solche fuhren, »da kann man sich wirklich verlaufen.« Man musste immer auf die Straßenschilder achten. Noch waren die Namen ihr fremd.

»Bald sind wir da«, beruhigte sie der Engel.

»Bald – das sagen all die großen Leute: Bald ist Weihnachten. Bald wird der Papa aufstehen dürfen. Bald ... bald ... Wann ist denn das: bald? Kannst du mir das sagen?« Sie sah auf ihre Uhr und dann erschrocken den Engel an.

»Du musst mir helfen. Ich muss nach Hause. Jetzt gleich. Nicht bald. Ich muss zum Krippenspiel. Du bist doch ein richtiger Engel, kein Spielengel wie ich. Kannst du mich nicht nach Hause zaubern?«

Der Engel hielt den Atem an.

»Zaubern? Ein Engel? Ich?« Schon wollte er seine ganze Ohnmacht zugeben. Da fiel ihm ein: »Engel zaubern nicht. Sie können was viel Besseres ... Aber du darfst mich dabei nicht ansehen. Setz dich dort auf die Treppe. Warte einen Augenblick.«

Gehorsam und voller Vertrauen folgte Hanna der Anweisung, kauerte auf der Schwelle des nächsten Hauses und schlug wie eine Weile vorher die Hände vor das Gesicht. Der Engel indes zog in Eile sein Handy hervor und wählte voll irdischer Hast eine irdische Nummer.

»Erschrecken Sie bitte nicht ... Ich brauche Ihre Hilfe ... Weil doch Weihnachten ist ... Es geht um ein Kind, das nach Hause muss ...«

Die Dame in der Taxizentrale schüttelte lachend den Kopf, während sie den Anruf weitergab. »Also, einen solchen Stuss hab ich mein Lebtag nicht gehört. Redet da jemand, eine Frau offenbar, etwas von Engeln daher und von Hilfe und kein Geld und von Weihnachten. Die muss wohl total betrunken sein ...«

»Oder wirklich ein Engel ...«, lachte eine Taxifahrerin, die sich zufällig in der Nähe der angegebenen Stelle befand und beschloss, sich die Sache auf alle Fälle einmal anzusehen. Als sie dort ankam, rieb sie sich die Augen. Stand doch da wahrhaftig mitten auf der Straße ein richtiger Engel bei einem Kind. Langsam fuhr sie näher, hielt an – und stutzte. Der sieht doch aus wie ...

»Bist du verrückt, Gabri...?«, wollte sie loslachen. Aber der Engel zischte sie an: »Kein Wort jetzt! Ich erkläre es dir gleich.« Dann rief sie mit heller Stimme:

»Komm, Hanna! Die Engel von heute haben andere Methoden zu helfen!«

Hanna stieg hinten ein. Sogar einen Kindersitz gab es in dem Himmelsauto. Der Engel setzte sich nach vorn. Den ganzen Weg über unterhielt er sich mit der Fahrerin in irdischer Sprache. Zwar konnte sie nicht verstehen, worüber. Aber sie hatte das Gefühl, dass die Zeiger ihrer Uhr sich ein wenig langsamer drehten, je schneller das Auto durch die leeren Straßen glitt. Und bald erkannte sie erleichtert die ersten vertrauten Gebäude.

»Die Kepplerstraße!«, sang sie beglückt. Jedenfalls hörte es sich so an. Genau vor der Nummer 38 hielt das Taxi an. Die Haustür war unverschlossen.

»Das ist sie tagsüber immer«, sagte Hanna. »Nur oben muss ich schellen.«

»Ich bringe dich hinauf«, sagte der Engel. »Womöglich ist deine Mutter gar nicht da und sucht dich irgendwo.«

An der Wohnungstür klingelte Hanna Sturm.

»Mama, Mama!«, schluchzte sie vor Freude. »Mama, ich habe einen Engel gesehen! Den Engel Gabriel. Er hat mich hierher gebracht!«

Die Mutter hielt sie so fest, dass Hanna sich nicht einmal mehr umdrehen konnte. So sah sie auch nicht, dass der Engel sich lautlos zum Aufzug wandte. Als die Mutter sie endlich wieder auf den Boden stellte, war der Engel verschwunden.

»Jetzt ist er weg«, sagte Hanna ein klein wenig traurig.

»Das haben Engel so an sich«, meinte die Mutter. »Die richtigen wenigstens. Solche wie du, die einen Engel nur spielen, müssen sich jetzt beeilen. Zum Umziehen für die Kirche reicht die Zeit nicht mehr. Aber unter deinem Engelsgewand sieht ja keiner, was drunter ist.«

Behutsam legte Hanna die Tüte mit der Laugenbrezel auf die kleine Kommode im Flur, während die Mutter rasch ihren Mantel anzog.

Unten fiel Gabriele der Kommilitonin um den Hals.

»Danke, dass du mitgemacht hast.«

»Einem Engel kann man doch nichts ausschlagen«, lachte diese, »schon gar keine zehn Euro Taxigebühr als Weihnachtsfreude für ein verlaufenes Kind.«

»Und manchmal wird man dann selbst ein Engel«, fügte Gabriele hinzu und zog sich das Gewand über den Kopf, während die Kommilitonin schon den Wagen startete. »Aber das muss man ja nicht aller Welt erzählen.«

Die erste Kerze

Annette saß am Bett des Kindes wie alle Tage. Wie lange eigentlich schon? Am Anfang hatte sie noch die Stunden gezählt, dann die Tage und darauf die Wochen. Und als aus diesen schließlich Monate geworden waren, hatte sie es aufgegeben. Sie wollte nicht mehr, dachte mit Schaudern daran, dass irgendwann auch die Monate nicht mehr ausreichen würden.

Sie redete auf Anja ein, versuchte, ihr etwas zu erzählen, und hatte doch das Gefühl, längst alles gesagt zu haben, was die vor sich Hindämmernde interessieren könnte. Hilflos streichelte sie die so blass gewordenen kleinen Hände. Keine Reaktion. Sie küsste und liebkoste sie. Aber die Augen des Kindes, wenn sie nicht geschlossen waren, starrten ins Leere.

»Nicht aufhören«, ermunterten die Ärzte und Schwestern sie, wenn die Hoffnung sie zu verlassen drohte. »Wachkoma ist unberechenbar. Es gibt Fälle, wo noch nach Jahren das Leben zurückgekehrt ist ...«

Sie hörte es zweifelnd und doch mit einer Spur von ... – ja, wovon eigentlich? War da wirklich noch so etwas wie Hoffnung in ihr? Das Leben ... ja, das Leben! Immer wieder sah sie Anja vor sich, wie sie fröhlich mit ihrem Hund im Garten herumtollte. Viel häufiger aber den schrecklichen Augenblick, als das Quietschen der Autoreifen sie erschrocken zum Fenster eilen ließ und sie den Ball über die Straße rollen sah, dahinter das Kind, das ihn einholen wollte ... Immer wieder hörte sie den Schrei, dem die fürchterliche Stille folgte, sah den Krankenwagen mit Blaulicht davonbrausen. Und dann das Bild im Krankenhaus, das sich seither kaum mehr verändert hatte trotz aller Versuche. Nicht einmal, als sie trotz aller hygienischen Bedenken den Hund mitbrachte. Weder sein Bellen noch sein Winseln vermochten Anja zurückzurufen.

Unvergesslich auch der Tag, an dem sich Tanjas Lider für einen Augenblick öffneten. Die aufkeimende Hoffnung, die sich sofort wieder zerschlug. Nicht nur einmal geschah das seitdem, immer wieder. Aber immer blieb es bei diesem kurzen Hoffnungsschimmer. Kein Zeichen von Erkennen, von Sich-mitteilen-Wollen, nichts.

»Nur Reflexe«, erklärte sachlich der Arzt und dämpfte ihre vorschnellen Erwartungen. »Aber niemand weiß, ob nicht doch eines Tages ein

Wunder geschieht. Ich kann Sie nur immer wieder ermutigen, nicht aufzugeben.«

Und sie gab nicht auf. Versuchte wieder und wieder, mit Streicheln, Flüstern und Singen den letzten vielleicht noch verbliebenen Rest von Anjas früherem Sein zu erreichen, schrie sie zwischendurch auch einmal an, rüttelte und schüttelte sie:

»Du musst doch wach werden!« Ein kurzes Augenöffnen, ein leerer Blick ohne Ziel, sonst nichts.

Die Jahreszeiten wechselten; Annette merkte es kaum. Als die Tage immer kürzer wurden, spürte sie, wie die Hoffnungslosigkeit wie eine Würgeschlange immer stärker ihr Herz umklammerte. Sie fand keine Tränen mehr für ihren Schmerz und schließlich immer weniger Worte für Anja. Saß stundenlang schweigend neben ihr und lauschte auf die ruhigen Atemzüge des Kindes, das immer deutlicher aufhörte, ihr Kind zu sein. Wenn draußen die Dämmerung anbrach, ließ sie es einfach geschehen, war zu müde, um einen Schalter zu drücken, damit es wenigstens im Zimmer heller würde. Wozu auch, wenn Anja doch so oder so Dunkelheit umgab? Sie ertrug es nicht, wie draußen die Geschäftsstraßen aufdringlich erleuchtet zum Kauf einluden. Wollte nicht daran erinnert werden, dass das Weihnachtsfest wieder einmal vor der Tür stand.

Am Morgen des ersten Advents brachte eine junge Schwester ein kleines Gesteck ins Zimmer, ein wenig Tannengrün und eine rote Kerze.

»Für Sie«, erklärte sie und fügte dann, als Annette eine abwehrende Bewegung machte, etwas verlegen und wie entschuldigend hinzu:

»Für Sie vor allem, nicht nur für Anja.«

»Danke«, sagte Annette und dachte an die letzten Jahre, als Anja bereits zur Schule gegangen war und von Mal zu Mal bewusster diese Zeit erlebt und selbst gestaltet hatte. Sie selbst hatte es freudig genossen, Anjas Aufblühen in jenen Wochen. Aber jetzt versuchte sie, die schönen und zugleich schmerzlichen Erinnerungen daran zu verdrängen.

Als am Nachmittag eine andere Schwester die Tür des Krankenzimmers weit aufriss und mit verheißungsvoller Stimme verkündete: »Der Kinderchor!« – da war es um Annettes Fassung geschehen. Nie in diesen ganzen Wochen und Monaten hatte sie so bitterlich geweint.

Der Kinderchor! Auch Anja hatte einmal dazu gehört und noch im letzten Jahr mit heller Begeisterung zu Hause vom Singen im Krankenhaus erzählt, das seit Jahren für den kleinen Chor in ihrem Städtchen Tradition war. Wie ein Häufchen Elend kauerte Annette jetzt auf ihrem Stuhl. Aller Kummer, der sich in dieser Zeit in ihr aufgestaut hatte, alle Angst und alle heimlichen Hoffnungen, die doch immer wieder in tiefe Enttäuschung gemündet hatten – all das brach sich mit einem Mal Bahn in lautlosem Schluchzen. Doch die Schwester, die guter Stimmung von Zimmer zu Zimmer ging, um die vorweihnachtliche Freude anzusagen, bemerkte es nicht. Annette saß allein mit ihrem Jammer am Bett des verstummten Kindes, während draußen der Chor sein erstes Lied begann. So bitter waren diese Minuten für Annette, dass sie nicht einmal wie sonst Anjas Hände streichelte.

Doch plötzlich war ihr, als taste diese nach ihr.

Entsetzt starrte sie auf das Kind, das sich aus seinen Kissen aufzusetzen versuchte und die Mutter mit großen, weit aufgerissenen Augen anblickte. Doch das war nicht mehr der fremde, leere Blick wie all die Monate vorher, nein, es lag ein großes, tiefes Fragen darin und dann ein noch größeres Erstaunen.

»Wir sagen euch an den lieben Advent ...«, sangen die Kinder. Annette schien es, als hätte ein Engel sich unter die Kinder auf dem Flur gemischt und sänge mit. Aber es war keine Engelstimme, die sie hörte, sondern die leise mit einstimmende ihres eigenen Kindes.

»Sehet, die erste Kerze brennt«, flüsterte Anja mehr, als dass sie sang, während eines der Kinder, ihre Freundin, ein Licht auf ihren Nachttisch stellte.

»Anja!«, schrie Daniela auf. »Du singst ja mit …«

»Pst!«, machte Annette aufgeregt und gab Daniela ein Zeichen, nur jetzt nicht noch einmal alles zu verderben. Aber da war nichts mehr zu verderben. Von diesem Augenblick an begann Anja zu genesen. Langsam, sehr langsam erst, kehrten ihre verschütteten Lebensgeister zurück. Auch wenn sie zunächst mühsam und stockend sprach, auch wenn sie vielleicht nie wieder die Leichtigkeit ihres früheren Turnens und Tanzens erreichen würde: Sie lebte! Das schlichte Kinderlied zum Advent hatte ihr den Weg ins Leben zurück geöffnet.

Die Glocken von Dillingen

»Verdammter Mist!«, schimpfte Fritz vor sich hin. »Muss der Spieß uns ausgerechnet an Heiligabend auf Streife schicken! Einen kleinen Spaziergang nennt er das auch noch.«

»Wär es ja auch gewesen«, erwiderte Walter kleinlaut und stapfte vor ihm weiter durch den Schnee.

»Was soll das heißen?«, raunzte der Ältere.

»Hast schon kapiert«, knurrte Walter. »Dass wir uns nämlich möglicherweise verlaufen haben.«

»Lass gefälligst solche Witze!«

»Mir ist alles andere als nach Witzen zumute«, gab Walter entmutigt zurück.

Fritz blieb stehen. So abrupt, dass Walter in seinem Trott ihn fast umgerempelt hätte. Ein paar Zweige, an die er dabei stieß, schütteten einen Teil ihrer Schneelast auf die Tarnung der Stahlhelme und Uniformen. Fritz suchte Walters Gesicht. Aber da war nichts als die schneematte Dunkelheit um sie herum, in der alles weiß zu weinen schien oder schwarz, keine Farbe und kein Zwischenton. Kein Gesicht.

»Ich denke, du kennst dich hier aus!«, sagte er vorwurfsvoll.

»Sag lieber, ich *kannte* mich aus. Stamme hier aus der Gegend. Ein paar Kilometer weiter. Aber das ist lange her. Fünf Jahre, wenn du es genau wissen willst. Im Herbst 1939 war hier schon einmal alles unterwegs. So wie jetzt wieder. Damals nach Osten. Dorthin, wo jetzt bald der Russe sein wird. Von da haben sie mich geholt, erst zum Arbeitsdienst und dann gleich zur Truppe. Kam dann nur noch ein paarmal auf Urlaub nach Haus. Und dann soll ich mich mitten in Nacht und Schnee in diesen Wäldern zurechtfinden!«

»Nicht so laut!«, zischte Fritz. »Wenn uns einer hört!«

Walter lachte verächtlich. »Wer soll uns hier schon hören? Ein paar Rehe vielleicht. Oder meinst du die Franzmänner?«

»Wer weiß«, lachte Fritz bitter, »wohin du uns noch führst!«

Der Weg hatte aufgehört. Vorsichtig tastend krochen sie durch das Unterholz und trafen schließlich auf so etwas wie einen Trampelpfad. Fritz musterte die Spuren.

»Rehe«, stellte er sachlich fest. »Muss also ein Bach oder eine Futterstelle in der Nähe sein.«

»Futterstelle!«, spöttelte Walter. »Mitten im Krieg! Nur ein Spinner riskiert in dieser menschenleeren Gegend sein Leben, um Rehe zu füttern. Und außerdem: Futterstellen sind in keiner Karte verzeichnet, wenn du das meinst ...«

Dennoch hielt auch er einen Augenblick inne.

»Der Weg führt abwärts. Da kann's nur zur Saar gehen«, flüsterte er und ergänzte dann zögernd: »Aber die Bunker, die müssten in der entgegengesetzten Richtung liegen!«

»Und wahrscheinlich auch die der Franzosen«, stieß Fritz zwischen den Zähnen hervor. »Und nicht weit auseinander, wie du weißt. Wenn doch wenigstens einer mal ein bisschen losballern würde! Vielleicht könnten wir uns dann an den Schüssen orientieren.«

Sie arbeiteten sich bergan vorwärts, bis der winzige Pfad in einen nicht weniger winzigen, gleichmäßig zugeschneiten Waldweg mündete.

»Keine Spuren. Wir haben uns wenigstens nicht im Kreis gedreht«, stellte Walter fest.

»Schön!«, spottete Fritz, »Und was sagt uns das sonst noch? Erkennst du jetzt wenigstens die Richtung?«

»Ich denke, da entlang« mutmaßte Walter. Nicht nur seine Stimme, auch sein Arm zitterte leicht, als er nach links zeigte. Sie duckten sich an den Wegrand. Die Dunkelheit um sie her schien noch zuzunehmen. Nicht einmal der Schnee leuchtete. Stille. Nur das Keuchen ihrer Lungen. Dass das Blut rascher in ihren Adern pulste als sonst, meinten sie fast zu hörten.

Plötzlich blieben beide wie auf Kommando stehen, hielten den Atem an und lauschten. Äste knackten. Nicht vom Wind. Der war wohl gleichfalls erstorben in dieser unheimlichen Nacht. Rehe? Aber da waren auf einmal menschliche Stimmen, gedämpft wie die ihren. Irgendwo neben oder vor ihnen. Undeutliche Stimmen. Keine Worte auszumachen. Nur ein einziges schnappte Fritz auf: »Noël«! Mit einer jähen Bewegung riss er Walter zu Boden.

»Franzosen«, hauchte er. Vor ihnen bewegte sich etwas, erschienen die Umrisse zweier menschlicher Gestalten in Tarnanzügen. Die beiden Deutschen kauerten reglos im Schnee, die Gewehre im Anschlag. Kaum, dass sie zu atmen wagten. Aber die anderen schienen sie bereits bemerkt zu haben.

»Nix Bumbum!«, flehte einer in die Dunkelheit hinein und riss die Arme hoch. Waffen klirrten auf die Erde.

»Noël! Paix!«, fügte die andere Stimme hinzu. Unsicher, als sähen sie Geister, erhoben sich die beiden Deutschen.

»Weihnachten!«, sagte Fritz zu Walter, »Sie schießen wirklich nicht. ›Weihnachten‹, haben sie gesagt, und dann noch: ›Frieden‹!«

So viel Französisch kann ich auch«, feixte Walter und hätte am liebsten losgeheult wie ein Kindergartenkind. Dann ließen auch sie ihre Waffen fallen und blickten die Menschen an, die da plötzlich vor ihnen aufgetaucht waren. Menschen, nicht Feinde standen sich jetzt gegenüber. Als sei der Krieg plötzlich erstarrt, einen Atemzug lang. Und das war er an dieser Stelle wohl auch.

In diesem Augenblick – es war kurz nach Mitternacht, wie man später feststellte – drangen aus dem Tal herauf Töne wie aus einer versunkenen Welt, erst einzeln, zögernd, dann aber kräftig und unüberhörbar durch die neblige Winterluft.

»Dillingen!«, stieß Walter hervor. »Die Glocken von Dillingen! Die kenne ich. Jetzt weiß ich den Weg.«

»Dillingen!«, wiederholte einer der Franzosen und hob lauschend den Kopf. Es klang nicht weniger erfreut als der Ausruf des Deutschen. Vielleicht hatten auch sie sich verirrt. Und vielleicht, wer weiß, kannte auch er diese Glocken, hatte auch er sie irgendwann in ferner Kindheit gehört. Auf der anderen Seite der Grenze.

»Noël«, sagte er noch einmal, während Fritz ihm entgegenhauchte: »Weihnachten«, bis sie sich alle vier rasch umdrehten und auseinanderstoben.

»Warum nur heute?«, sinnierte Fritz, als sie in sicherer Entfernung waren, laut im Weitergehen, »Wenn das wahr ist, was in dieser Nacht und alle Jahre wieder in allen Kirchen gesungen und gesagt wird, das mit dem Frieden auf Erden – warum ist das alles morgen schon wieder vorbei?«

Walter schwieg. Darüber hatte er bisher noch nicht nachgedacht.

Mancherlei Nachforschungen fanden statt. Aber es wurde nie festgestellt, wer in dieser Nacht entgegen allen Anordnungen der Wehrmacht in dem fast gänzlich verlassenen Städtchen kurz hinter der Front die Glocken hatte läuten lassen. Vielleicht die Engel, dachte Fritz. Aber das sprach er nicht aus. Wie hätte Walter oder sonst einer ihn auch verstehen sollen? Im Sprachschatz des Krieges fehlte die Botschaft der Engel.

Das verschwundene Kind

»Ich gehe Moos und Tannengrün holen«, sagte Heinz wie nebenbei am Morgen vor dem ersten Advent zu seiner Frau, die gerade dabei war, den ersten Teig für Plätzchen auszurollen.

»Sag bloß, du willst wieder die Krippe aufstellen«, gab sie leicht unwillig zurück.

»Warum denn nicht?«, fragte er verwundert.

Seit sie verheiratet waren, kannte er es nicht anders. Advent und Weihnachten und die Krippe gehörten zusammen. Besser gesagt: die Krippenlandschaft. Sie war der einzige Luxus des ansonsten bescheidenen Hauses, das Ingeborg von ihren Eltern und die Mutter wiederum von ihren Voreltern geerbt hatte.

Im Wohnzimmer, das immer alle Hausbewohner gemeinsam benutzt hatten, gab es eine unauffällige Falttür, vor der das Jahr über seit Menschengedenken das rote Biedermeiersofa stand, das nur in der Adventszeit beiseitegeräumt wurde, damit man die Tür öffnen konnte. Der kleine Anbau dahinter diente zwar gelegentlich im Sommer als Abstellraum, im Wesentlichen aber keinem anderen Zweck als dem, die seit Generationen vererbte und immer wieder erweiterte und erneuerte Krippenlandschaft aufzunehmen. Heinz hatte sich vom ersten Jahr seiner Ehe an der alten Sitte gefügt und später, als sein Schwiegervater verstorben war, selbst – zum Teil mit den Kindern – die Krippe auf- und teilweise umgebaut, aber so, dass das Wesentliche Jahr für Jahr unverändert geblieben war.

»Wozu der ganze Aufwand?«, stöhnte Ingeborg, »Wo doch die Kinder aus dem Haus sind!«

»An Weihnachten kommen sie alle«, sagte er. »Was meinst du, was die sagen, wenn die Falttür an Weihnachten geschlossen bleibt?«

»Glaubst du wirklich, sie legen noch Wert auf so etwas?«, fragte sie skeptisch zurück. In diesem Augenblick betrat ihre Mutter die Küche.

»Ich höre wohl nicht recht!«, protestierte diese mit einer Energie, die man der alten Dame kaum zugetraut hätte. »Weihnachten ohne Krippe – das ist doch kein Weihnachtsfest!«

»Oma!«, stieß Heinz verlegen hervor. Typisch, dachte er – halb taub, aber was sie nicht hören soll, das kriegt sie mit Sicherheit mit. Ingeborg war zusammengezuckt. An die Mutter hatte sie bei ihren Überlegungen gar nicht gedacht. Das war freilich ein anderer Gesichtspunkt.

»Also gut! Meinetwegen«, gab sie verlegen nach und schränkte sogleich ein: »Aber bring mir nicht wieder den ganzen Haushalt durcheinander bis Weihnachten!«

»Ja, ja«, versprach Heinz und machte sich auf den Weg.

Am nächsten Morgen und in der ganzen nächsten Woche stand denn auch nur eine einsame Jungfrau Maria mit dem Engel in dem Winkel des kleinen Raumes, der Nazareth darstellen sollte. Am nächsten Sonntag tauchten in der gegenüberliegenden Ecke die Weisen aus dem Morgenland auf. Und von da an schob Heinz täglich die kleinen Figuren immer ein Stückchen weiter, ein Stückchen näher zur Mitte hin, zu dem leeren Platz, an dem er am Morgen des Heiligen Abends wie alle Jahre wieder den Stall mit der Krippe aufbauen würde. Nach und nach erweiterte er die Landschaft mit Moos und Zweigen und bevölkerte sie mit Schafen und Hirten und Dorfleuten aus Bethlehem, die ebenfalls immer näher in Richtung Mitte wanderten. Das Wichtigste, das Christkind selbst, das schon ganz abgegriffen war von Generationen von Kinderhänden, die immer wieder damit gespielt oder auch es nur ehrfürchtig bewundert hatten, würde er wie immer erst an Heiligabend nach dem Kirchgang in die leere Krippe hineinlegen.

Fröhlich und lautstark trudelten die Kinder am Tag vor Weihnachten eins nach dem andern aus ihren Studienorten ein. Sie naschten an Heringssalat, Plätzchen und anderen guten Dingen, während sie der Mutter bei ihren letzten Vorbereitungen halfen. Die Oma, auf deren Mithilfe man bei so vielen fleißigen Händen verzichten konnte, hatte sich in ihr Zimmer zurückgezogen. Heinz werkelte wie immer hinter der geschlossenen Wohnzimmertür und legte letzte Hand an das Krippenungetüm.

Allerdings vernahm man nach einiger Zeit aus dem Wohnzimmer eine ungewöhnliche Unruhe, nicht die verheißungsvoll geschäftige wie sonst. Es klang nicht nach Heinz' gewohnten ruhigen Schritten, die an Heiligabend immer etwas Feierliches, Gemessenes an sich hatten. Nein, es hörte es sich an, als suche er aufgeregt nach etwas. Hier stimmte was nicht.

»Was ist los?«, fragte Ingeborg, als er mit hochrotem Kopf in der Tür erschien.

»Das Kind ist weg«, flüsterte er aufgeregt. »Einfach nicht mehr da. Am letzten Sonntag habe ich es noch persönlich in den Karton zurückgelegt;

ich könnte es beschwören. Der Karton liegt noch dort, wo ich ihn hingestellt habe. Aber von dem Kind keine Spur.«

Sie machten sich gemeinsam auf die Suche, stellten das ganze Haus auf den Kopf, kippten Karton um Karton auf den Boden. Aber nichts außer ein paar kümmerlichen Papierfetzen flatterte heraus.

Es dunkelte bereits und vom Dorf herüber schallte die kleine Kirchenglocke, die eine Stunde vor Beginn zum ersten Mal zur Christmette rief. Noch immer hatten sie die vermisste Figur nicht gefunden. Es war, als hätte der Erdboden sie verschluckt. Beim zweiten Läuten müssten sie gehen, damit sie pünktlich zum dritten, vollen Geläut in der Kirche einträfen.

»Geht ihr schon einmal vor«, drängte Heinz nervös die Familie. »Ich muss noch was suchen. Kann nicht lange dauern.«

Die Oma, die von all der Unruhe nichts bemerkt hatte und der auch keiner etwas von dem Verschwinden gesagt hatte – sie sollte sich schließlich nicht unnötig aufregen –, wunderte sich zwar, dass Heinz zum ersten Mal, seit sie sich erinnern konnte, nicht mit zur Christmette ging und auch nicht verspätet auftauchte. Aber nicht lange und das gottesdienstliche Geschehen zog sie in seinen Bann.

Es bedurfte keiner Worte, als sie zurückkehrten, um zu erkennen, was inzwischen geschehen – oder richtiger: eben nicht geschehen – war. Alle sahen betreten zur Oma hin. Keiner wagte, ihr etwas zu sagen. Sie blickten hilflos von einem zum andern und zuckten mit den Schultern. Aber die Oma, noch müde vom Weg durch die kalte Winterluft und mit den Gedanken noch immer beim Gottesdienst, ging in ihr Zimmer und wartete dort, still versunken in den Zauber dieser Nacht, auf das ihr seit Kindertagen vertraute Glöckchen, das nur ein einziges Mal im Jahr erklang. Es schien ihr allerdings, als lasse es in diesem Jahr ganz besonders lange auf sich warten, und so ließ sie sich schließlich erschöpft in ihren Sessel fallen.

Ingeborg hatte längst den Versuch aufgegeben, irgendetwas an dem traditionellen Heiligabendritual ihrer Familie zu ändern. So leiteten sie auch in diesem Jahr wie immer die Bescherung mit einer kleinen häuslichen Feier ein. Die Kinder musizierten, sie selbst las ein Gedicht und Heinz einen passenden Prosatext, den er irgendwo gefunden hatte. Dazwischen sangen sie ein paar

Verse, alles wie immer. Aber es war, als ziehe der Stall mit der leeren Krippe automatisch alle Blicke an. Einzig die Oma spürte von der ganzen Aufregung nichts. Ihre trübe gewordenen Augen nahmen das kleine Fehlende gar nicht wahr. Sie trug, ohne hinzusehen, das unversehrte Bild in ihrem Herzen, so wie sie es all die Jahre hindurch bewahrt hatte.

Irgendwie verging auch dieser Abend. Der Weihnachtsmorgen brach an, ohne dass ein Wunder geschehen wäre. Kein Engel brachte in der Nacht das Kind zurück. Auch dieser Tag floss dahin. Die Zeit blieb nicht stehen und die Welt brach nicht zusammen, weil in irgendeinem Haus in einer kleinen Stadt das Christuskind aus seinem angestammten Platz in der Krippe verschwunden war.

Für den Nachmittag des zweiten Feiertags hatte sich Besuch angesagt. Die Kinder hatten gerade ohne große Begeisterung den Tisch gedeckt. Nun standen sie verlegen da und beratschlagten, wie man den Verlust vor den Gästen verbergen oder – falls sie ihn doch entdecken würden – am besten erklären könnte.

»Es ist doch ganz einfach«, sagte schließlich Marion, die Älteste, in ihrer flachsigen Art. »Falls einer eine Frage stellt, sagen wir eben, das sei so eine moderne Installation, vielleicht mit dem Titel ›Was fehlt denn da?‹. Was meinst du, Hanne, du bist doch unsere Künstlerin?«

Aber Hanne starrte sie nur an.

»Wie bitte?«, grinste Felix.

»Wer weiß, ob es überhaupt einer merkt? Da gibt's doch so viel zu gucken, Papa hat ja wieder allerhand Neues hinzugefügt. Da wird doch keiner auf ein winziges Detail achten.« Und nachdenklich ergänzte sie: »Was meint ihr, wer in den überfüllten Kirchen an Heiligabend es bemerkt hätte? So wenig, wie sie bemerkt hätten, dass ...«

In diesem Augenblick kam aus der Küche ein durchdringender Schrei: »Das Kind! Es ist da!«

So laut schallte es durch die Wohnung, dass sogar die Oma, die gerade ein wenig eingenickt war, zusammenzuckte, als sei ein Engel direkt vom Himmel gekommen, um ihr ganz persönlich diese Botschaft zu bringen. Verwirrt richtete sie sich auf und folgte den andern, die aufgeregt in die Küche stürzten, wo Ingeborg kopfschüttelnd auf ein winziges Etwas in ihrer Hand schaute.

»In der Zuckerdose!«, rief sie. »Wie in aller Welt kommt das Jesuskind in die Zuckerdose?«

Die Oma sah sie alle entgeistert an.

»Was hat denn das Christkind in der Küche zu tun?«, wollte Felix wissen.

»Das frage ich mich auch«, sagte Ingeborg halb erleichtert, halb verlegen mit einem Blick auf ihre Mutter. »Überall haben wir es gesucht, im ganzen Haus. Und keiner hat geahnt, dass es die ganze Zeit hier gewesen ist.«

»Ich habe es da hineingelegt«, erklärte darauf die Oma dem verdutzten Rest der Familie, als sei es die selbstverständlichste Sache der Welt – und das war es für sie ja wohl auch. »Ich fand es recht leichtsinnig von euch, dieses winzige Teil allein in dem großen Karton zu lassen, wo es doch das Allerwichtigste von allem ist. Da brachte ich es lieber in Sicherheit. Und weil es so leicht zu übersehen ist und weil gerade keiner von euch da war, dem ich es hätte geben können, legte ich es eben in die Zuckerdose. Die war gerade leer und sauber. Dort würdet ihr es beim Tischdecken für den Heiligen Abend bestimmt finden, dachte ich mir.«

»Aber, Oma«, lachte Felix, »hast du denn vergessen, dass wir alle schon seit Langem den Tee ohne Zucker trinken?«

Und während die Gäste schon an der Haustür klingelten, trug er behutsam die kleine Figur zum Platz, der ihr gebührte.

Als Annegret
das Christkind suchen ging

24. Dezember 1945

Mittag war vorüber. Sie hatten gegessen, was man damals so Mittagessen nannte. Das Geschirr war gespült und weggeräumt, das Feuer im Herd längst erloschen. Doch aus dem Backofen, in den Annegret ihre kalten Füßchen steckte, strömte wenigstens noch ein letzter Rest von Wärme.

Im Zimmer nebenan hörte sie die Mutter hantieren, leise und behutsam wie fast alle Mütter an diesem Tag der Geheimnisse, wo der Abend schon am Morgen beginnt, wie der Vater gestern Abend augenzwinkernd gesagt hatte, weil er nämlich schon am Morgen »Heiligabend« heißt.

Aber das war gestern. Und alles war so anders gewesen als heute. Sie hatte mit den Eltern zur Großmutter in der Heide fahren dürfen. Vor ein paar Tagen erst hatten sie erfahren, dass diese noch lebte, und gar nicht einmal so sehr weit weg von ihnen. Schön war es gewesen bei der Großmutter, obwohl auch sie nur in einem winzigen Stübchen über dem Stall auf einem kleinen Bauernhof hauste, wie sie es nannte. Aber sie hatten alle vier fröhlich beisammen gesessen wie früher auch, hatten erzählt und erzählt und dann Weihnachtslieder miteinander gesungen, wenn auch nicht mit Klavier wie zu Hause, wenn die Großmutter zum Fest zu ihnen gekommen war. Zum Schluss hatte die Großmutter mit verheißungsvoller Miene Annegret noch ein kleines, weiches Päckchen in die Hand gedrückt.

»Für Weihnachten«, hatte sie dazu gesagt. »Nicht eher auspacken! Er soll meine Überraschung für dich sein. Ein Lebkuchen. Ich habe ihn selbst gebacken. Mit richtigem Heidehonig.«

»Woher hast du den denn?«, hatte der Vater verwundert gefragt. Und die Oma hatte gelacht: »Mein Arbeitslohn! Als Kartoffelleserin beim Bauern.«

Da hatten alle erstaunt die zierliche, kleine Frau angesehen, die früher in einer vornehmen Villa in Königsberg gewohnt und sogar eine eigene Köchin beschäftigt hatte.

»Und Kürbiskerne sind drin«, hatte die Oma noch hinzugefügt: »Hab ich selbst ausgepult. Die schmecken fast wie Mandeln.« Doch wie diese schmeckten, daran konnte sich Annegret nicht mehr erinnern. Mit Sicherheit gut, dachte sie und sog den verheißungsvollen Duft ganz tief ein.

Den ganzen Rückweg über hatte sie das Päckchen ganz fest an sich gepresst und allen Versuchungen tapfer widerstanden, ein kleines Zipfelchen des Einpackpapiers aufzureißen und wenigstens ein bisschen hineinzulugen. Lang hatte es gedauert, bis sie wieder zu Hause gewesen waren. Und anstrengend war es gewesen, erst zu Fuß über Feldwege mit aufgeweichtem, schmutzigem Schnee und dann in der Bahn, voll mit Menschen und Gepäck, dass Annegret manchmal Angst gehabt hatte, davon samt Geschenk erdrückt zu werden.

»Mein Lebkuchen!«, hatte sie gleich am Morgen gequengelt, noch nicht ganz richtig wach. Eigentlich hatte sie dabei nichts anderes gewollt als bloß noch einmal schnuppern und sich vergewissern, dass der Lebkuchen auch wirklich noch da sei. Dann hätte die Mutter ihn ruhig wieder weglegen können.

Aber die hatte nur barsch erklärt: »Der Lebkuchen ist für Weihnachten, das weißt du ganz genau. Und Heiligabend ist noch nicht Weihnachten, wenigstens jetzt am Morgen noch nicht. Gedulde dich gefälligst wie alle Leute bis zum Abend!«

Weiß einer, warum Annegret darauf so böse

geworden war und wild zu schreien und zu stampfen und um sich zu schlagen begonnen hatte! Natürlich hatte sie inzwischen längst eingesehen, dass das nicht schön gewesen war von ihr – aber das zuzugeben, brachte sie nicht fertig. So hatte sie schweigend ihr Mittagessen gelöffelt und sich danach schmollend in eine Ecke gesetzt und kuschelte jetzt die Füßchen in den Backofen und bockte weiter.

Wenn nur der Vater gekommen wäre! Dieser Vater, den sie nur von Bildern gekannt und der eines Abends einfach in der Tür gestanden hatte und den sie nun so heiß und innig liebte. Schneller, als es Annegret lieb gewesen war, hatte er eine Arbeit gefunden. Obwohl er jetzt den ganzen Tag über nicht bei ihnen war, hatten die Eltern sich darüber sehr gefreut – weiß einer, warum! Heute würde er vielleicht ein oder zwei Stunden eher kommen, hatte er am Morgen beim Abschied gesagt. Aber was hieß das schon, eine Stunde oder zwei, wenn der Tag nur wie eine Schnecke dahinkroch?

»Dass du so böse sein musst!«, hatte die Mutter vorwurfsvoll gesagt, »ausgerechnet heute, wo alle Menschen auf Weihnachten warten und auf das Kind in der Krippe …«

Das Kind in der Krippe, davon und von Hirten, Engeln, Königen und einem wandernden Stern hatte ihr auch Oma Blume manchmal erzählt und dabei ein ganz geheimnisvolles Gesicht aufgesetzt.

»Vor langer Zeit wurde es in dem kleinen Städtchen Bethlehem geboren. Und weil sie sonst keinen Platz hatten, legte seine Mutter Maria es in eine Futterkrippe im Stall. Und jedes Jahr an Weihnachten warten wir darauf, dass es wieder kommt und den Menschen Freude bringt. Aber es hat es sehr schwer in dieser Welt und in dieser Zeit, das arme Himmelskind. Ist so viel Leid unter den Menschen und fließen so viele Tränen überall. Muss es alles erst an sein Kreuz tragen, bevor es die Freude bringen kann und den Frieden …«

»Wie«, dachte Annegret plötzlich erschrocken, »wenn es gerade jetzt fertig geworden ist mit seinem Aufsammeln und Wegtragen, wenn es jetzt endlich die Freude verschenken will, auf die alle Menschen warten … und jetzt kommen Mutters Tränen zu all den andern, weil ich immer noch böse bin. Und nun muss es noch einmal von vorne anfangen mit dem Wegschaffen …«

Keine Rede davon, dass sie ja nur an die Zimmertür zu klopfen brauchte und zu sagen: »Ich will wieder lieb sein!« Aber ein Gedanke war plötzlich da und ergriff von ihr Besitz: »Ich, ich muss das Christkind wieder froh machen, ich allein!«

Alles, was sie je darüber erfahren hatte, wirbelte durch ihren Kopf. Richtiges und Falsches, Verstandenes und noch viel mehr Unverstandenes vermengten sich: Das Christkind hat Geburtstag und ist traurig.

Geburtstage, die sie selbst erlebt hatte, fielen ihr ein. Ihr eigener letzter Geburtstag daheim mit vier Kerzen und Pudding und Kuchen und mit einem kleinen Kranz von Schneeglöckchen um ihr Gedeck. Und dann ihr allerletzter Geburtstag irgendwo unterwegs, an dem es nichts, aber auch gar nichts zum Schenken und Feiern gab, stattdessen nur Angst vor dröhnenden Flugzeugen über, berstenden Granaten neben und fremden Soldaten hinter ihnen, vor denen alle sich fürchteten. Aber da hatte eine wildfremde Frau ihr eine Möhre gegeben, die sie irgendwo ergattert hatte, eine kleine Möhre für sie allein. Und die Mutter hatte ihr eine ihrer eigenen schönen Halsketten, die sie mitgenommen hatte auf die schreckliche Reise, unter dem Hemd versteckt und dazu mit

Tränen in den Augen gesagt: »Pass gut darauf auf! Vielleicht ist das einmal dein einziges Stück von daheim.«

»Auch ich muss dem Christuskind etwas schenken, worüber es sich freut, damit es andern Freude bringen kann«, beschloss sie. »Aber worüber freut sich ein Kind, dem der Himmel gehört und das sich freiwillig in eine Futterkrippe in einem schäbigen Stall legen lässt? Was in aller Welt habe ich, was ich ihm bringen kann?« Denn nur was einem selbst gehörte, könne man auch verschenken, hatte die Mutter ihr einmal erklärt. Aber was gehörte ihr denn?

Die Halskette fiel ihr ein. Aber die hatte die Mutter gut weggeschlossen, als sie hierherkamen. Für später, hatte sie ihr versprochen, damit sie nur ja nicht auch noch verloren gehe. Außerdem ist das Christkind ein Junge und Jungen tragen keine Halsketten. Das war also nichts. Und sonst?

Das Puppenbett war ihre nächste Idee. Das Puppenbett gehörte ihr. Oma Blume hatte es ihr geschenkt, ein paar Tage nachdem sie und die Mutter zu ihr ins Haus gekommen waren. Aber was fängt ein neugeborener Junge mit einem Puppenbett an? Jungen spielen nicht mit Puppen, so viel hatte sie noch dunkel in Erinnerung aus der

Zeit vor der großen Reise, die alles verändert hatte. Und um das Kind selbst hineinzulegen statt in die Krippe, dazu war es doch wohl zu klein. Und plötzlich vergaß sie zu atmen vor Aufregung: Aber das Laken, das könnte es brauchen; das war groß genug als Windel für das Kind!

Sie zerrte den Stoff von der Matratze, glättete und faltete ihn, so gut sie konnte, und besah ihn prüfend. Sicher kein schlechtes Geschenk, aber vielleicht doch ein bisschen wenig, dachte sie traurig. Suchend sah sie sich in der Küche um und entdeckte auf einmal das einzig Richtige. Hoch oben auf dem Regal lag noch immer das Päckchen. Und dieses Päckchen gehörte ihr! Ihr ganz allein! Vergessen, dass ja gerade wegen dieses Päckchens heute Morgen alles Hässliche begonnen hatte – wer weiß denn hinterher noch, womit so etwas angefangen hat?

Wie elektrisiert sprang sie auf, rückte den Tisch an das Regal und kletterte auf die Platte, reckte sich und hüpfte, bis alles zu wackeln begann und das Päckchen genau so weit nach vorn rutschte, dass sie es eben mit den Fingerspitzen erreichen konnte.

Ein oder zwei Sekunden lang verspürte sie beim Einatmen der würzigen Düfte ein unbändiges Verlangen hineinzubeißen – aber wirklich nur für einen winzigen Augenblick, kürzer als ein Gedanke. Dann huschte sie flink wie ein Wiesel hinunter, schlug rasch das Puppenlaken um alles herum und trippelte zur Küchentür. Ganz vorsichtig öffnete sie diese, schlich auf Zehenspitzen zur Treppe und rutschte ganz leise das Treppengeländer hinunter, damit nicht etwa eine knarrende Stiege sie noch im letzten Augenblick verraten würde.

Sie nahm sich nicht einmal mehr die Zeit, Mantel und Schuhe anzuziehen. Sie müsste das Kind finden, ganz schnell, ehe es traurig noch einmal zum Kreuz zurücklaufen würde! Was das war, sein Kreuz, und wie es das überhaupt machen sollte, so ein kleines Kind – solche Gedanken kamen ihr erst viel, viel später, wenn sie daran zurückdachte. Jetzt war sie nur überzeugt, dass dieses Kind alles könne, auch das Unvorstellbarste. So jedenfalls oder so ähnlich hatte Oma Blume es ihr immer wieder erzählt und Annegret hatte stets staunend zugehört.

Oma Blume sei ein bisschen wunderlich, hatten die Erwachsenen ihr zu erklären versucht, außerdem völlig taub. Darum regte sie sich auch nicht auf wie andere Leute, wenn Annegret so herumtobte, und darum durfte auch Annegret immer, ohne anzuklopfen, bei ihr eintreten. Überhaupt nichts höre sie mehr, hatte die Mutter gesagt, keinen Donner und kein Poltern im Haus. Das wiederum bezweifelte Annegret. Denn Oma Blume hatte zwei richtige Ohren wie andere Menschen auch. Dass sie auf manche Fragen seltsame Antworten gab, die nicht darauf zu passen schienen, fand Annegret meistens lustig. Vielleicht mochte sie die alte Frau gerade deswegen so besonders gern. Deswegen und wegen der vielen Lieder und Geschichten, die sie zu erzählen wusste. Und Annegret liebte Geschichten. Ein Glück, dass es Oma Blume gab in diesem Haus und in dieser Stadt! Wenn ein Mensch auf der Welt den Weg zum Christkind wusste, dann bestimmt sie!

Oma Blume wischte gerade den Staub eines Jahres von einer bunten Glaskugel, als Annegret wie immer ihre Arme von hinten her um ihre Hüften schlang.

»Nicht wahr, Oma Blume«, flüsterte sie, damit es nur ja niemand im Haus mithören könnte, »du weißt doch, wo der Stall mit der Krippe ist!«

»Ja, ja – natürlich«, erwiderte Oma Blume verwirrt. Es gab fast nichts, was sie Annegret verboten hätte. Aber so aufgeregt wie diesmal hatte sie das Kind noch nie gesehen.

»Bitte, bitte, zeig es mir!«, drängelte Annegret und zog Oma Blume kurzerhand zur Haustür, so hastig, dass diese Mühe hatte mitzukommen. Dort deutete sie mit weit ausholenden Armbewegungen erst in die eine, dann in die andere Richtung.

»Nun sag doch schon: Dahin oder dorthin?«

»Ich weiß nicht«, antwortete Oma Blume. Diese Antwort war immer richtig. Aber Annegret deutete wieder in die erste Richtung und brüllte ihr in die Ohren:

»Dahin?«

Es war das erste Mal, dass das Kind sie nach einem Weg fragte. »Weit wird sie nicht kommen bei dem Wetter in diesem dünnen Zeug. Wird wohl etwas zu Heike bringen sollen«, dachte sie, als sie das kleine Bündel in Annegrets Händen sah. Heike wohnte nur drei Häuser weiter und kam manchmal mit Annegret zusammen zu ihr.

»Meinetwegen«, sagte sie schließlich achselzuckend. Für Annegret sah das wie heftiges Nicken aus.

Es hatte zu schneien aufgehört. Nun drang der feuchte Schnee als kalte, schmutzige Flüssigkeit durch die dünnen Hausschuhe. Annegret lief, so schnell sie konnte – nicht nur, um die Kälte weniger zu spüren. Mehr noch trieb die Angst sie an, zu spät zu kommen. Sie musste sich beeilen, wenn sie das Kind noch finden wollte.

Schon hing die Sonne am Himmel wie ein goldener Teller, der halb hinter den Schrank gerutscht ist und rasch weitersinkt. Es konnte nicht mehr lange dauern, bis die Dunkelheit völlig hereinbrechen würde. Eine leichte Bangigkeit überkam sie. Doch dann erinnerte sie sich, dass Oma Blume einmal gesagt hatte, dass, erst wenn die Nacht ganz tief sei, das Kind zur Erde kommen könne – und auch an das andere, was sie ihr einmal verraten hatte:

»Wenn nichts mehr hilft, kann Gott immer noch helfen, wenn du deine Hände zusammenlegst und leise zu ihm sprichst. Er hört dich bestimmt.«

»Du musst mir helfen, lieber Gott«, dachte Annegret darum und faltete die Händchen, als hinter einer breiten Querstraße unvermutet ein Trümmerberg aufragte, so steil, dass die Straße ganz bestimmt nicht darüber weitergehen würde.

Sie wandte den Kopf ein wenig zur Seite, blickte die Querstraße entlang und sah zum ersten Mal zum mittlerweile wie dunkler Samt schimmernden Himmel auf. Da entdeckte sie den Stern. Einen einzigen, sehr hellen, gleißenden Stern, so hell, als habe er alle, die jemals dort gestanden hätten oder noch dahin kommen würden, in sich aufgesogen und lasse nun ihr gesammeltes Licht auf die Erde rinnen.

»Der Stern!«, schrie sie auf. Das war der Stern, von dem Oma Blume ihr erzählt hatte, der den Leuten von ganz weit her den Weg zum Kind gezeigt hatte! Den Weg zum Stall ...

Vorsichtig setzte sie Schritt vor Schritt dem Stern entgegen. Und als sie auf ihn zulief, da begann er sich vor ihren Augen zu bewegen: Je näher sie ihm kam, desto höher kletterte er am Himmel hinauf, immer nur in einer Richtung – der neuen Straße nach. Kein Zweifel mehr: Das war der Weg! Immer schneller folgte sie ihm, japsend vor Aufregung und Anstrengung. Dass die Straße allmählich abfiel, merkte sie nicht; denn immer stärker strahlte über ihr der Stern, funkelte immer heller, je rascher sie lief, bis – ja, bis auch diese Straße auf einmal aufhörte und eine riesige Mauer oder ein Haus oder was das auch sein mochte, wie ein gewaltiger Berg sich vor den jetzt lichter werdenden Himmel schob. Einen Augenblick blieb sie tief durchatmend stehen, mutterseelenallein auf der jetzt menschenleeren Straße. Als sie nach einer Weile zögernd wieder aufsah, da stand am Himmel noch immer der Stern an derselben Stelle wie vorher, funkelnd, aber unbeweglich.

Er stand …

Und in diesem Augenblick glomm vor ihr auf der andern Straßenseite ein ganz matter Lichtschein auf, gerade so hell, dass sie erkennen konnte, dass an der geborstenen Mauer vor ihr so etwas wie ein winziger Schuppen oder Ähnliches klebte, notdürftig mit Wellblech und Brettern geflickt. Nie hatte sie dergleichen in der Stadt gesehen, in der sie jetzt lebten. Aber zu Hause in ihrem Dorf, bei den ganz armen Leuten, da hatte es so etwas gegeben. Dort wohnten gelegentlich Schweine oder Ziegen in so einem Verschlag.

»Der Stall!«, rief sie aus und war sich ganz sicher: Dort drinnen lag das Kind! Mit klopfendem Herzen ging sie, ein wenig zögernd wie vor etwas unbegreiflich Großem, auf den Verschlag zu, tastete im Halbdunkel nach einer Tür und fand schließlich sogar etwas wie einen Riegel, den sie unter Aufbietung all ihrer Kräfte mit klammen Fingern zurückschob, bis die roh aneinandergenagelten Bretter sich ächzend öffneten. Schmelzwasser schwappte aus ihren durchnässten Hausschuhen, als sie ängstlich den kleinen Raum betrat, den eine winzige Funzel kaum erhellte. Irgendwo schien sich etwas zu bewegen. Ein kleines Kind begann zu weinen.

»Maria!«, schnarrte eine ärgerliche Männerstimme, »es zieht. Hast du die Tür nicht zugemacht?«

Annegret achtete nicht auf die Worte. Nur ein einziges hatte sie gehört und verstanden, das genügte ihr:

»Maria!«

Sie stürzte in die Ecke, aus der das Weinen kam, so rasch, dass sie fast mit der Frau zusammengestoßen wäre, die sich gleichzeitig näherte und erschrocken sah, wie Annegret vor der armseligen Kiste, in der das Kind lag, auf die Knie sank, behutsam ein knuffeliges Bündel auf die Decke legte und losplapperte:

»Nicht mehr weinen, Kindchen! Ich bin doch da! Ich habe dich doch gefunden. Und ich bin wieder lieb, damit die Mutter nicht mehr weinen muss und du endlich die Menschen wieder froh machen kannst, hörst du? Schau, eine Windel hab ich dir auch zum Geburtstag mitgebracht und einen Lebkuchen mit Heidehonig und Kürbismandeln, damit du etwas zum Essen hast und nicht zu frieren brauchst in deinem Stall ...«

Der Mann sprang auf.

»›Stall‹ hat sie gesagt!«, tobte er. »Kinder und Narren sagen die Wahrheit!«

Jetzt erblickte Annegret auch die Frau, die ein wenig misstrauisch neben sie getreten war.

»Ist jetzt auch wirklich alles gut?«, fragte Annegret ängstlich und fuhr erleichtert fort: »Nun kann es den Menschen Frieden bringen ...«

Verwirrt hob die Frau sie zu sich hoch und stöhnte:

»Wo kommst du denn her? Du bist ja halb erfroren in deinem dünnen Zeug!« Dann herzte und wiegte sie Annegret, die es wie träumend geschehen ließ und in Sekundenschnelle in einen Schlaf der Erschöpfung sank.

»Schöne Bescherung!«, schimpfte der Mann. »Das hat uns gerade noch gefehlt!« Vorsichtig legte die Frau Annegret auf eine weitere Kiste.

»Pass auf! Die Schuhe sind nass!«, knurrte der Mann und streifte die triefenden Stücke von

Annegrets Füßen, bevor er diese vorsichtig mit einem Lappen trocknete und sie warm zu reiben begann. Dann zog er rasch einen fadenscheinigen gefärbten Militärmantel aus einer Kiste.

»Wo willst du hin?«, fragte die Frau.

»Wohin schon?«, brummte er. »Zur Polizei natürlich. Irgendwohin muss die Göre doch gehören. Die ist abgehauen, was sonst? Wer weiß, was ihre Eltern schon alles angestellt haben, um sie zu finden?«

An der Tür wandte er sich noch einmal um.

»Pass mir gut auf die Kinder auf!«, sagte er. »Und sieh zu, dass du was zu essen findest für die da, wenn sie wach wird. Die ist bestimmt hungrig. Irgendwas wirst du schon auftreiben ...«

»Etwas zu essen«, dachte die junge Frau erstaunt, »er weiß so gut wie ich, dass das wenige, was wir noch besitzen, kaum ausreicht, um uns selbst zwei Tage satt zu machen, erst recht nicht noch einen weiteren, ungebetenen Esser ...«

»Da müsste schon ein Wunder geschehen«, murmelte sie halblaut vor sich hin und begann in diesem Augenblick zu ahnen, dass das Wunder bereits begonnen habe.

Es dauerte eine Weile, bis der Mann wiederkam.

Annegret erwachte vom Knarren der Tür, rieb sich die Augen und blickte angstvoll in die Ecke, wo der Säugling wieder zu quäken anfing.

»Ist das Christkind denn immer noch da?«, fragte sie erschrocken – und dann, als erhasche sie einen winzigen Hoffnungsschimmer: »Oder ist es schon wieder zurück?«

»Du faselst vielleicht ein Zeug!«, spöttelte der Mann, während die Frau langsam zu verstehen begann.

»Suchtest du etwa das Christkind?«, fragte sie leise.

»Ist es das nicht?«, stieß Annegret verstört hervor.

»Das Kind von Bethlehem ist hier«, versicherte die Frau und drückte Annegret fest an sich, »hier bei uns. Ist zu uns gekommen, ein bisschen anders als erwartet …« Langsam beruhigte sich Annegret.

»Ich verstehe es nicht und kann es auch nicht erklären«, fuhr die Frau fort, die Maria hieß wie die in Bethlehem. »Manchmal denke ich, wir Menschen verstehen alle nichts. Aber irgendwann, hoffe ich, werden wir alles verstehen.«

Unvermittelt faltete sie ihre Hände und fing zu singen an, erst zögernd und leise, dann immer sicherer. Annegret stimmte etwas zu hoch, aber fröhlich ein:

»Ich steh an deiner Krippen hier …«

Auch ohne Worte hatte Oma Blume verstanden, wonach Annegrets Eltern so aufgeregt fragten, als der Vater nach Hause kam und das Kind nicht fand, auch nicht bei ihr. Aufgeregt und schuldbewusst hatte sie ihnen die Richtung gezeigt, in der Annegret verschwunden war.

»Sicher bei Heike«, hatte sie dazu gesagt. Aber dort war sie an diesem Tag nie erschienen. Nun irrte die Mutter, während der Vater den schweren Gang zur Polizei antrat, ratlos durch die fremde Stadt, bis sie erschöpft und entkräftet nicht mehr weiterwusste und sich ohne Hoffnung an eine Trümmerwand lehnte.

Und während sie regungslos und wie versteinert verharrte, vernahm sie die unversehens aus einer erbärmlichen Bruchbude aufsteigende Melodie, erkannte die Worte und die Kinderstimme neben dem fremden Sopran – und die Richtung, aus der die Klänge zu ihr drangen …

Wer jene Menschen waren, hat Annegret nie erfahren. Auch ihre Eltern nicht. Nach der

Beschreibung, die der fremde Mann der Polizei gegeben hatte, fand auch Annegrets Vater kurz nach seiner Frau den Weg zu dem Verschlag und ließ nicht locker, bis die wohnsitzlosen Fremden, die irgendwo nach einer Heimat suchten, endlich einwilligten, das Fest mit ihnen zusammen zu feiern, den Lebkuchen zu teilen und über Nacht in der Küche zu schlafen, die zwar eng, aber immer noch ein bisschen wärmer und wohnlicher war als ihre jämmerliche Unterkunft auf der Suche nach einem neuen Anfang irgendwo.

Am andern Morgen aber waren die drei verschwunden, lautlos und spurlos. Nichts fehlte, als Annegret als Erste am Weihnachtsmorgen die Küche betrat. Keiner der wenigen Einrichtungsgegenstände, kein Krümel Brot, nichts. Nur die Windel hatten sie mitgenommen. Aber die hatte Annegret ja dem Christkind geschenkt.

Der atheistische Engel

Wann genau die Freundschaft zwischen Tanja und Elisabeth angefangen hatte, konnten beide nicht mehr sagen. Im Grunde genommen war die Klasse, in die sie nun schon seit bald drei Jahren gemeinsam gingen, von Anfang an in zwei Gruppen geteilt, die gleichsam in zwei verschiedenen Welten zu leben schienen und außer der Schule nur wenig gemein hatten. Tanja gehörte zu der einen, größeren Gruppe, Elisabeth dagegen zur anderen, der fast ein bisschen außenseiterhaften Minderheit.

Trotzdem wollte und konnte Tanja nicht auf Elisabeth herabblicken. Insgeheim hatte sie von Anfang an den Wunsch verspürt, hinter das Geheimnis Elisabeths und der wenigen anderen Mitschülerinnen und Mitschüler zu kommen, die regelmäßig, vor allem an den Sonntagen, in diese komischen Gebäude gingen, die es an mehreren Stellen in der Stadt gab und aus deren hohen Türmen sonntags und manchmal auch in der Woche so seltsame Klänge über die Dächer der Stadt schallten, lauter als Autos und Martinshörner.

Einmal hatte sie ihre Eltern danach gefragt.

Aber die Antworten waren ihr unsicher und wie Ausflüchte vorgekommen und hatten den Verdacht in ihr aufkeimen lassen, sie wüssten selbst nicht, was es damit auf sich habe. »Ach, diese Gebäude sind vor einigen Jahrhunderten gebaut worden, als die Welt noch nicht wissenschaftlich erforscht war. Die Leute meinten, es gibt im Himmel einen Gott, der alles geschaffen hat und an den man unbedingt glauben muss, um selber einmal in den Himmel zu kommen. Das war aber ein ziemlicher Schwindel. In Wirklichkeit hat noch keiner Gott gesehen oder bewiesen. Heutzutage gibt es immer noch Leute, die das für wahr halten und in die Kirche rennen zum Beten und so. Selbstbetrug und Volksverdummung, wenn du mich fragst«, hatte Tanjas Vater etwas unwirsch geantwortet. Aber Elisabeth und die paar anderen aus der Klasse, die öfter in diese Gebäude gingen, erschienen Tanja keineswegs verrückt.

So fasste sie sich eines Tages ein Herz und fragte einfach Elisabeth selbst. Auch diese hatte schon lange ihre Fragen, erschien ihr doch umgekehrt der andere Teil ihrer Klasse in vielem unverständlich und rätselhaft. Denn das, was in ihrem Elternhaus und auch ihr selbst wichtig war, existierte offensichtlich für den Großteil der Klasse überhaupt nicht. So war sie beinahe erleichtert, als Tanja sie rundheraus ansprach. Doch nun war es Elisabeth, die nach einer Antwort suchte. Sie wusste nicht recht, wie sie die Sache mit der Kirche jemandem erklären sollte, der davon keine blasse Ahnung hatte.

»Weißt du was«, schlug sie Tanja schließlich vor, »komm doch einfach mal mit mir und sieh dir unseren Kindergottesdienst an.«

»Was ist denn das?«, fragte Tanja verwundert.

»Da hören wir was von Gott. Und wir singen und machen Spiele und basteln und noch anderes. Jeder darf da kommen. Ich kann dich abholen. Wir könnten uns am Spielplatz treffen. Abgemacht?«

»Abgemacht«, wiederholte Tanja neugierig, wenn auch ein wenig unsicher.

Etwas aufgeregt war sie dann aber doch, als sie am Sonntag auf Elisabeth wartete und mit ihr zu den Kindern ging, von denen sie ein paar aus ihrer Klasse kannte, die sie nun verwundert ansahen. Viel anfangen konnte sie zunächst nicht mit dem, was sie dort hörte und sah. Die Person, die den Kindertreff leitete, hatte eine tiefe Stimme und einen Bart wie ein Mann, trug aber ein Kleid wie eine Frau, ein schwarzes Schlabberkleid mit einem kleinen weißen Lätzchen, das in der Mitte geteilt war. Die erzählte eine Geschichte von Leuten mit ganz seltsamen Namen und sprach dabei immer wieder von Gott, von dem Papa behauptet hatte, es gebe ihn nicht, und von dem die Leute hier meinten, er habe irgendwie überall seine Hände im Spiel.

Allmählich begriff Tanja, dass die schwarze Gestalt, die die Kinder »Herr Pastor« nannten, wirklich ein Mann und keine Frau war und dass die Kinder sich über das lange, weite Gewand, das er trug, überhaupt nicht wunderten. Die Geschichte, die er erzählte, war offenbar keine Märchen. Denn als er zu Ende gekommen war mit seinem Erzählen, sprach er mit den Kindern darüber in einer Weise, als habe sich das alles gerade hier bei ihnen zugetragen und sei noch heute für sie alle von großer Wichtigkeit. Je länger Tanja zuhörte, desto weniger seltsam und umso spannender kam ihr das Ganze vor.

»Darf ich nächsten Sonntag noch einmal mit dir kommen?«, fragte sie Elisabeth am Ende. Und von da an gingen sie ziemlich regelmäßig zusammen in das Haus, von dem sie immerhin wusste, dass es »Kirche« hieß. Weder Elisabeth noch die andern Kinder, die sich dort trafen, sprachen mit dem Rest der Klasse darüber. Warum auch? Über das, was hinter den alten Mauern geschah, redete man nicht. Auch in der Kirche selbst machte keiner viel Aufhebens von Tanjas Teilnahme. Sie kam, als sei das schon immer so gewesen. Und so erfuhr niemand, auch nicht ihre eigenen Eltern, was Tanja neuerdings am Sonntagmorgen tat. Ihre Mutter hatte an dem Tag immer genug damit zu tun, das zu erledigen, was die Woche über liegen geblieben war. Und dem Vater waren seine Hobbys, für die er nur sonntags Zeit hatte, wichtiger als alles andere.

»Sie ist alt genug«, brummte er vor sich hin, als seine Frau ihn einmal wegen Tanjas Abwesenheit ansprach. »Sie kann selbst entscheiden, wo sie sich wohl fühlt.«

Mit der Zeit kam sich Tanja immer weniger fremd vor in dem Haus, das sie früher nur von außen gekannt hatte. Und als der Sommer vergangen war, fühlte sie sich, als ob sie selbst schon lange dazugehörte. Sie feierte das Erntedankfest mit und freute sich an den neuen Liedern und an den Gaben, die einige Kinder von zu Hause mitgebracht und mit denen sie den Tisch in der Kirche – den Altar, wie Tanja inzwischen wusste – geschmückt hatten.

An einem der nächsten Sonntage meinte der Pastor, es gehe allmählich auf Weihnachten zu. Da werde es langsam Zeit, mit den Vorbereitungen für das Krippenspiel zu beginnen.

Das Wort »Weihnachten« kannte natürlich auch Tanja. Schließlich kann so etwas einem Kind bei uns nicht verborgen bleiben, erst recht nicht in einer großen Stadt wie Leipzig. Selbst wenn es bei Tanjas Familie zu Hause keinen Tannenbaum gab, sondern »nur« Geschenke.

Aber was ein Krippenspiel war, davon hatte sie keine Ahnung. Von dem kleinen Ort Bethlehem und einer Krippe mit einem neugeborenen Kind darin und einem Paar namens Maria und Josef hatte sie noch nie etwas gehört. Sie fragte die anderen Kinder und schließlich auch den Pfarrer, der ihr geduldig erklärte, was es mit Weihnachten eigentlich auf sich habe. »Für uns ist das alles geschehen. Weil Gott uns so lieb hat, wurde er Mensch wie wir.« Und langsam begriff sie, welch eine aufregende Sache dort vor langer Zeit geschehen war.

»Darf ich auch mitspielen?«, fragte Tanja, als der Pastor die Rollen für das Krippenspiel verteilte. Der sah erst sie überrascht und dann fragend seine Helfer an. Die zuckten mit den Schultern.

»Wenn es deinen Eltern recht ist«, entschied er schließlich.

Tanja erschrak. »Ich weiß nicht, ob sie das verstehen«, sagte sie traurig. »Die meinen, Kirche ist etwas für Leute von gestern. Und Weihnachten ... das ist angeblich nur ein Geschenke- und Lichterfest.«

»Es ist sehr viel mehr«, pflichtete der Pastor ihr bei, »das hast du schon richtig verstanden. Entscheidend ist, dass Weihnachten in dir lebendig wird. Dann merken vielleicht auch deine Eltern bald, dass da etwas dran ist, und du brauchst gar nicht so viel zu erklären.«

»Meinen Sie?«

Nachdenklich ging Tanja nach Hause. Irgendwie spürte sie, dass die Worte des Pastors kein bloßes Gerede waren. Und doch war ihr mehr als nur ein wenig mulmig zumute, als sie die Wohnung betrat. Ihre Mutter werkelte wie immer in der Küche. Ohne Zeit und Lust, ihr zuzuhören. Also ging sie zum Vater ins Wohnzimmer und erzählte ihm zögernd und mit Zagen von ihren Besuchen in der Kirche und vom Krippenspiel. Da sie ihren Vater kannte, fürchtete sie, er würde unwillig reagieren oder gar aufbrausen. Doch er sagte erst einmal gar nichts, so überrascht war er.

»Wenn du meinst«, brummte er schließlich. »Vielleicht ist ja doch was dran an der Sache. Wenn ich an die Kerzen und die Gebete in der Nikolaikirche vor der Wende denke ...« Und es schien überhaupt nicht ironisch gemeint zu sein.

So übte denn die atheistisch aufgewachsene Tanja zusammen mit den anderen Kindern ihre Rolle als Engel im Krippenspiel. Einmal schauten ihre Eltern sogar bei der Probe im Gemeindehaus zu. Und endlich saßen sie am Heiligabend mit leichtem Unbehagen, aber doch aufmerksam unter den Gottesdienstgästen. Sie waren nicht die Einzigen, die die Kirche zum ersten Mal betraten. Sie sangen nicht mit, denn die Lieder waren ihnen fremd. Doch sie lauschten mit offenen Ohren und sich langsam öffnenden Herzen der Botschaft, die sie so noch nie gehört hatten.

Tanja ging auch im folgenden Jahr Sonntag für Sonntag mit Elisabeth zum Kindergottesdienst. Im Herbst meldeten deren Eltern sie zur Konfirmation an.

»Ich möchte mich auch konfirmieren lassen«, verriet ihr Tanja. Schließlich fasste sie sich ein Herz und fragte ihre Eltern.

»Aber wir gehören doch gar nicht zur Kirche«,

gab der Vater zu bedenken. Sie gingen zusammen zum Pfarrer.

»Wenn es ihr selbst ernst ist damit, wollen wir es wagen«, antwortete der.

»Das ist es ihr bestimmt«, versicherte der Vater. »Ich denke, sie hat schon eine ganze Weile Gott gesucht ...«

»Und ich glaube, er hat sie gefunden«, fuhr die Mutter zögernd fort, als keime auch in ihr etwas von dem Geheimnisvollen, dem ihre Tochter so nahe gekommen war.

»Das ist das Wichtigste«, bekräftigte der Pastor. »Dass er uns sucht. Uns alle. Und wir uns von ihm finden lassen.« Und im Stillen fügte er hinzu: »Er findet auch Sie.«

Jenseits der Presseberichte

Der mitten in der Vorweihnachtszeit von der Katastrophe betroffene Stadtteil fand die ganze Nacht hindurch nicht zur Ruhe. Nicht nur, dass die dunkelrote Glut noch immer den Himmel wie blutend aussehen ließ und jeden Augenblick neu an das grausige Geschehen erinnerte, nicht nur, dass Feuerwehr- und Polizeifahrzeuge durch die Straßen rasten, nicht nur, dass die Männer fast ausnahmslos zur Brandstelle geeilt waren und entweder zu löschen versuchten oder schon hoffnungslos und angstvoll in verkohlten Trümmern nach ihnen bekannten Opfern suchten, über die ein schreckliches Ende gekommen war; auch die Frauen schliefen nicht, noch nicht einmal die meisten Kinder.

Die entkommen oder verschont geblieben waren, standen beieinander in heftig gestikulierenden Gruppen, lärmten und fragten durcheinander. Manche unter ihnen, in deren rauchgeschwärzten Gesichtern noch nach Stunden deutlich sichtbar das Grauen und das Entsetzen geschrieben standen, wurden als Heldinnen des Tages umringt und bestaunt und von nicht enden wollenden Fragen immer wieder neu gequält. Andere irrten wankend durch die Straßen, riefen mit heiser gewordenen Stimmen Namen in die Finsternis, Namen, auf die keiner antwortete. Noch andere kauerten wie leblos irgendwo und starrten vor sich hin.

Kaum jemand erbarmte sich der Kinder. Die liefen ziellos umher, manche standen inmitten einer Gruppe von Erwachsenen, fragend, antwortend, weinend, hungrig, müde, verzweifelt, die Augen aufgerissen in grenzenlosem Schmerz und Nichtverstehen, immer wieder grausam zurückversetzt in die Zeit und an den Ort des Geschehens durch das Drängen und Stürmen der Neugierigen, die Einzelheiten zu hören verlangten. Einige hockten stumpf auf irgendeiner Treppe, auf Steinen oder Balken und blickten seelenlos ins Leere.

Reporter schlichen einzeln oder in Gruppen durch die gespenstischen Gassen, mehr oder weniger aufdringlich. Blitzlichter flammten auf, um irgendwelche eindrücklichen oder besonders schrecklichen Szenen im Bild festzuhalten. Und immer wieder tauchten Gestalten aus der Dämmerung auf, die beschwörend immer wieder dieselben Namen riefen, auf die die Nacht unbarmherzig schwieg und auf die in den meisten Fällen wohl auch der nächste Tag schweigen würde.

Emilio Toglieri hatte an diesem Dezembernachmittag wie die meisten seiner Landsleute in der vorwiegend von Italienern bewohnten Vorstadt ein Fußballspiel der heimischen Ersten Liga am Fernseher verfolgt. Er saß noch mit einigen Freunden in einem kleinen Café und diskutierte temperamentvoll über Schiedsrichter und Mannschaften, als er wie von ungefähr im Radio den Namen seines Stadtteils vernahm und unwillkürlich aufmerkte. Plötzlich krallte er aufgeregt seine Hände in den Arm seines Nebenmannes: »Sei mal still!« Und dann sprang er schon auf: »Meine Frau! Sie wollte doch mit den Kindern ins Kino – in genau dieses Kino!« Er suchte in seiner Hosentasche, zog endlich seine Geldbörse heraus und entnahm ihr beinah wahllos einen Geldschein, pfefferte ihn auf den Tisch, schrie: »Ober! Ich gehe!«, und schlug mit der Faust auf den Tisch, dass die Gläser hüpften.

»Was ist denn los?«, lachte einer. »Du hast wohl schon einen zu viel ...«

»Sie sind mittendrin in dem Schlamassel!«, brüllte Emilio außer sich, riss Hut und Mantel vom Haken und rannte raus.

Verständnislos folgte ihm der Kellner.

»Ich bitte Sie, mein Herr. Womit haben wir Sie nicht zufriedengestellt? Sagen Sie es mir bitte. Aber deswegen brauchen Sie doch nicht gleich ...«

»Ich muss zu meiner Frau und meinen Kindern, sie sind in dem brennenden Kino!«, schrie er, schon im Auto, während er den Motor startete. Kopfschüttelnd zog sich der Kellner zurück. Emilio hatte ihm seine Erklärung in Italienisch zugerufen. Die Freunde lachten. Von keinem von ihnen beachtet, redete eine monotone Stimme im Radio. Wenig später wusste nicht nur ganz Brüssel, was geschehen war. Die Nachricht lief in alle Welt.

An irgendeiner Straßenecke in einem ihr völlig fremden Viertel kauerte Maria Toglieri, zwei ihrer Kinder fest an sich gepresst, weder zu Schmerz noch zu Hoffnung fähig, und starrte mit brennenden Augen auf die Mauer vor ihr oder in die Dunkelheit oder auf etwas, was nur sie selbst zu sehen vermochte. Eine Fremde, rauchgeschwärzt und mit nur notdürftig verbundenen Brandwunden bedeckt, neigte sich über sie und versuchte, sie zu trösten, auf Französisch erst, dann auf Italienisch. Maria reagierte nicht. Vor einer Zeit, deren Länge sie nicht sagen konnte, vor Minuten oder Stunden, hatte sie ihn verloren, Francesco, ihren Jüngsten. Carlo, der Größere, der wilde Carlo hatte sich an sie gekrallt, dass sie ihn nicht abschütteln konnte, als der Schreckensruf erklang. Und Francesco ...

Ihn hatte sie verloren. Sie hatte noch gespürt, wie er neben ihr niedersank, seinen erstickten Schmerzensschrei gehört, hatte ihn verzweifelt zu fassen versucht – aber da war die Menge, dieses alles verschlingende, aufsaugende, zerstörende grausame Tier, die sie vorwärts- und seitwärtsgerissen und gedrängt hatte. Eingekeilt in diesen wogenden, reißenden, trampelnden, erbarmungslos treibenden und getriebenen schreienden Menschenhaufen, hatte sie mit Carlo am Hals den Ausgang erreicht, unablässig Francescos Namen rufend. Nicht ihn, aber Carlotta, ihre Älteste, hatte die Menge nach draußen geschoben und sie war ihr daraufhin um den Hals gefallen und hatte sie weiter weg mit sich fortgerissen, nur fort, weg von dem Feuer und den Schreien. Und irgendwann, irgendwo war Maria zusammengebrochen und die Kinder hatten vergeblich versucht, sie aufzurichten. So fand nach Stunden Emilio die kleine Gruppe.

»Maria!«, schrie er auf und umarmte sie. Dann

gewahrte er die fremde Frau und fragte zögernd: »Gina?« Sie nickte erschrocken. Jäh erhob sich Maria.

»Du? Nein!«, brüllte sie wie ein waidwundes Tier. »Nein, nicht auch du noch! Geh! Lass dich nie wieder sehen!«

Und während sie und die verstörten Kinder Emilio umklammerten, verschwand Gina in der Dunkelheit.

Gina. Über zehn Jahre hatten sie einander nicht gesehen. Und ausgerechnet hier, in dieser fremden Stadt, in dieser fürchterlichen Stunde, mussten sie sich begegnen! Gina, die mal ihre Freundin gewesen war und dann die Frau, die sie am meisten von allen Menschen gehasst hatte, weil sie – ausgerechnet sie! - ihr den Geliebten ausgespannt hatte.

Auf Drängen der Mutter hatte sie dann Emilio geheiratet. Und – das musste sie zugeben – sie hatte es nicht bereut. Aber jetzt – jetzt, in dieser Stunde der Trauer um Francesco, jetzt konnte sie Ginas Anblick nicht ertragen.

»Francesco!«, schluchzte sie ein ums andere Mal, als sie mit bebenden Knien mit Emilio und den beiden großen Kindern zurückging.

Es war ein trostloser Haufen, der nach und

nach in dieser Nacht auf der Polizeiwache eintrudelte, Kinder, die irgendwo orientierungslos aufgegriffen worden waren von Feuerwehrleuten, Polizisten oder irgendwelchen Passanten. Schreiend und wild um sich schlagend die meisten, einige stumm und in sich zusammengesunken. Barmherzige Schwestern kümmerten sich um sie, verbanden Wunden, versorgten sie mit Essen und Trinken, fragten nach ihrer Herkunft und versuchten zu trösten.

Einer der Kleinsten schien ein besonders hoffnungsloser Fall zu sein. Kein Wort war aus ihm herauszubringen, jeder Berührung entzog er sich mit Schreien und Um-sich-Schlagen. Eine Frau hatte ihn gebracht, hatte ihn unter einer Bank in dem brennenden Kino gefunden, als sie sich selbst in Sicherheit bringen wollte. Ihrer eigenen Schmerzen nicht achtend, hatte sie den Jungen, der ständig nach seiner Mutter schrie, zur Polizeistation gebracht. Nur widerstrebend hatte sie den Beamten ihre eigene Adresse verraten.

Nachbarn, Italiener wie sie, kümmerten sich um Maria Toglieri und ihre Kinder, verbanden ihnen die Wunden, gaben ihnen beruhigende Tees. Endlich versanken alle drei in einen wenn auch unruhigen Schlaf.

»Wohin willst du gehen?«, fragten sie, als Emilio sich anschickte wegzugehen.

»Wohin wohl?«, antwortete er verständnislos. »Francesco suchen ...« Die Nachbarn sahen einander vielsagend an.

Emilio ging in die Nacht. Ging von Polizeiwache zu Polizeiwache. Gegen Morgen, als seine Hoffnung schon fast geschwunden war, fand er ihn. Mit einem Aufschrei flog der Kleine ihm entgegen und barg sich schluchzend an seiner Brust. Der Polizist gab Emilio einen Zettel.

»Diese Frau hat ihn gebracht. Hat ihn unter Lebensgefahr aus dem Inferno gerettet. Es wäre schön, wenn Sie sich bei ihr bedanken würden ...«

Die Tränen der Freude und der Erleichterung, die sich in Emilios Augen angesammelt hatten, hinderten ihn daran, die Adresse sofort zu erkennen. Er wollte den Zettel schon in die Hosentasche stecken, um ihn zu Hause zu lesen, als er stutzte. Eilig verabschiedete er sich von den Beamten. Obwohl er lief, so schnell er laufen konnte, schlief Francesco auf seinen Armen vor Erschöpfung ein. »Gut so«, dachte Emilio, »dann kann ich ihn schlafend an ihre Seite legen. Sie braucht den Schlaf bestimmt so nötig wie er.« Doch als er die Tür öffnete, schreckte Maria aus dem Schlaf auf. Aber auch Francesco erwachte und streckte freudestrahlend seine Ärmchen nach ihr aus.

Am nächsten Morgen suchte die ganze Familie Gina auf. Gina, die einstige Rivalin. Gina, die Lebensretterin ihres Kindes.

»Ich habe dich gehasst«, sagte Maria und fiel ihr um den Hals, »Kannst du mir verzeihen?«

Und ehe sie noch antworten konnte, überschüttete Emilio sie mit Dank.

»Das ist doch nichts Besonderes«, wehrte sie ab. »Plötzlich stolperte ich über etwas Weiches. Und das Weiche stöhnte. Da wusste ich, dass es ein Kind war, und hob es auf.«

»Aber die andern hätten auch dich zertreten können, als du dich bücktest«, warf Emilio ein. »Man riskiert doch nicht so einfach sein Leben ...«

Gina wischte sich mit zitternder Hand über die Augen. Die Tränen kamen ihr rasch seit dieser schrecklichen Stunde und auch das Zittern, sobald sie nur daran dachte.

»Ja«, gab sie verlegen zu, »sie hätten mich zertreten können ...« Dass auch die Flammen sie hätten ergreifen können, das sprach sie nicht aus, sondern dachte es nur. Das brauchten nicht einmal die Eltern zu wissen.

»Vielleicht«, fuhr sie fort, »aber ich habe in dem Augenblick nicht daran gedacht. Es war wirklich keine Heldentat. Ich weiß nicht, warum ich es tat. Irgendetwas trieb mich dazu. Ich weiß auch nicht, was ...«

Sie sah ratlos die Eltern an und dann den geretteten Jungen.

»Keiner konnte doch ahnen, dass es gerade euer Kind ist.«

»Aber vielleicht sollte es so sein«, sagte Maria leise.

»Damit wir endlich Frieden machen«, vollendete Emilio.

»Frieden auf Erden«, ergänzte Gina. »Damit Weihnachten werden kann.«